さくら荘のペットな彼女 10.5

青春は終わらない。

長谷栞奈の突然な修学旅行

気づいたときには、もう遅かった。

きっと、そうした想いは、この世界にはたくさんあって。

私のこの気持ちも、無数にあるうちのひとつでしかないのだと思う。

だけど、私にとっては、たったひとつだけの特別なもの。

はじめて知ったあの人への戸惑《とまど》い。

だから、どうすることもできなくて……。

諦《あきら》めもつかなくて……。

後悔すらできないから……私はますますあの癖をやめられなくなっていく。

1

北海道《ほっかいどう》は晴天に恵まれていた。

澄み切った青空の下、長谷《はせ》栞奈《かんな》を助手席に乗せた紺《こん》色のハイブリッドカーは、新千歳《しんちとせ》空港から札幌《さっぽろ》方面に向けて、国道を爆走していく。

隣《となり》の運転席でハンドルを握《にぎ》っているのは、

「ひゃっほ〜い！　北海道〜！　でっかいど〜！」

と、歌うように口ずさむ年上の女性。名前は三鷹《みたかみ》美咲《さき》。栞奈が通う水明《すいめい》芸術《げいじゅつ》大学《だいがく》付属《ふぞく》高等《こうとう》学校《がっこう》……通称スイコーの卒業生にして、現在は水明芸術大学の映像学部一年生。栞奈が暮らしている学生寮《りょう》……さくら荘《そう》の元住人でもある。栞奈が引っ越してきた２０１号室は、二ヵ月前の三月までは美咲の部屋だったのだ。

軽快に西へと走る車の後部座席には、

「うっひょ〜！　北海道〜！　どでっかいど〜！」

とか、テンションを上げまくっている男子生徒の姿もある。整った顔立ちに、くるくるのくせ毛が特徴的だ。

栞奈と同じく、今年の春にスイコーに入学したばかりの一年生。しかも、定員がたったの十名しかいない音楽科の生徒。先ほどの発言からは想像できないが、一応、狭《せま》き門を通り抜けた選ばれた人物なのだ。栞奈の感想としては、選ばれたバカでしかないのだが……。その伊織《いおり》もさくら荘の住人で、１０３号室で暮らしている。

「いえ〜い！　北海道〜！」

「いえ〜い！　まじでっかいど〜！」

美咲と伊織の高いテンションとは裏腹《うらはら》に、栞奈は助手席で「はあ〜」と長くて深いため息をもらした。

五月の下旬。平日。もちろん、学校で授業はある。そんな日の昼下がりに、どうして首都圏にある学校に通う栞奈たちが、遠く離れた北海道にいるのか。当事者である栞奈は当然答えを知っていたけど、理解するのには苦しんでいた。

事件は今朝に起こった。

八時過ぎ。

さくら荘《そう》の玄関前で、修学旅行に旅立つ三年生の先輩方《せんぱい》……神田空太《かんだそらた》、椎名《しいな》ましろ、青山七海《あおやまななみ》、赤坂龍之介《あかさかりゅうのすけ》の四名を見送ったところまではよかった。

問題はそのあとだ。

空太たちの姿がすっかり見えなくなったところで、

「はいはい、乗った、乗った。いいから、乗った〜！」

と、一緒《いっしょ》に見送りに立っていた美咲《みさき》に、伊織《いおり》ともども車に押し込まれた。

卒業生である美咲が、どうして朝から学生寮《りょう》であるさくら荘にいたのか。その答えは実に簡単だ。

卒業と同時に、美咲はさくら荘の隣《となり》の敷地《しきち》に家を建てたらしく、今はそこに住んでいるお隣さんなのだ。殆《ほとん》ど毎日のように、さくら荘にやってきては、朝食やら夕食やらを食べ、神田空太の部屋である１０１号室に乱入してゲームで遊んだりしている。昨日なんて、お風呂《ふろ》にも入っていた。

一介《いっかい》の大学生が家を建てたなんて話、普通だったら信じられないが、美咲の正体を知らされて、栞奈《かんな》は妙《みょう》に納得した。

数年前から自主制作アニメで動画サイトを騒がせている超有名人。結婚して名字は変わったらしいが、『上井草《かみいぐさ》美咲』の名前と作品は、スイコーに入学する前から栞奈も知っていたし、見たこともあった。とてもひとりで作ったとは思えない作画や演出のクオリティに、鳥肌《とりはだ》が立ったのを覚えている。何度も繰り返し再生したほどだ。

美咲の作品は商品化もされており、販売枚数は十万を超えたとかなんとか……。家も建つというものだ。

その美咲が運転する車は、さくら荘を出るなりアクセル全開で羽田《はねだ》空港を目指した。疑問の言葉を差し挟《はさ》む余地《よち》もなく、栞奈と伊織は新千歳《しんちとせ》行きの飛行機に乗せられ、シートベルトを締《し》め、離陸して、着陸して、シートベルトを外《はず》して、気が付けば北海道《ほっかいどう》まで連れてこられてしまった……というわけなのだ。

急だったので、荷物もろくに持っていない。手ぶらと言ってもいい。部屋着と大差ない格好《かっこう》なので、なんとも心許《こころもと》なかった。辛《かろ》うじて持っているのは、ケータイくらい。

未《いま》だにこれは夢なんじゃないかと疑ってしまう。目を覚ましたら、さくら荘の201号室のベッドに寝ているんじゃないかと……。

だが、悲しいかな、一向に目が覚める気配はない。そんな状態では、栞奈も現実だと認めざるを得なかった。

「ノーパン、元気がないぞ！　もっと声出していこ〜！」

「だ、誰がノーパンですか！」

服の裾《すそ》を引っ張って、太もものあたりまで伸ばす。

「え〜、だって、はいてないんでしょ？」

「い、今は、はいてます！」

「お前、よくよく考えるとすげえ変態《へんたい》だよな」

伊織《いおり》がヘッドフォンをした頭で何度も自分の言葉に頷《うなず》いている。

「何度も言いたくないけど、それはあなたの方でしょ」

すぐさま栞奈《かんな》も応戦した。

「どこが？」

ルームミラーには、伊織の本当にわかっていないアホ面《づら》が映っている。

「女子風呂《ぶろ》を覗《のぞ》こうとして、さくら荘《そう》に島流しにされたのは誰？」

栞奈と伊織が生活するさくら荘は、普通の学生寮《りょう》とは少し違う。学校生活や一般寮での共同生活の中で、何かしらの問題を起こした生徒が送り込まれる流刑地《るけいち》なのだ。

「俺は、パンツはいてたし」

「……」

だから当然、栞奈にも島流しにされるだけの問題行動があったことになる。それが、先ほどから美咲や伊織が言っている『ノーパン』なのだ。

はじめは本当にほんの出来心《できごころ》だった。中学時代に書いた日記をもとにした小説が新人賞を取り、だけど、二作目の執筆《しっぴつ》に難航して、そのことに酷《ひど》くストレスを感じていた。とにかくなんでもいいからストレスを発散する方法がほしかった。

そんなある日のことだ。学校の休み時間。トイレに行った際に魔《ま》が差した。脱いだパンツをブレザーのポケットにしまい、栞奈は個室を出たのだ。

途端《とたん》に、まるで別世界に行ったような感覚に襲《おそ》われた。校内の様子は何も変わっていないのに、高鳴る鼓動《こどう》は収まる気配がなく、小説の二作目を書けないことへの苦悩なんてすっかり忘れることができた。

そのまま授業を受けたら、これが思いのほか……というか、抜群に効果的でやめられなくなってしまったのだ。それが、一般寮の寮母さんにばれてしまい、結果、栞奈にはさくら荘への島流しというお裁きが下った。

約三週間前……ゴールデンウィーク中の話だ。

「パンツは大事だな～。お腹がす～す～、冷えちゃうぞ～！」

「変な歌を歌わないでください」

「ノーパンツ、ノーライフだぞ、ノーパン！」

「だ、だから、やめてください、それ！」

美咲はまったく話を聞いてくれない。今も謎《なぞ》のノーパンソングを口ずさんでいる。

「……もう、早く帰りたい」

思わず本音を吐露《とろ》してしまう。

当然、平日の今日は授業もあるのだ。

だが、帰ろうにもお金がない。財布《さいふ》そのものを持ってきていないのだ。こうなっては、行き先はハンドルを握《にぎ》る美咲《みさき》に任せるしかなかった。

「さあ、たっぷり、北海道《ほっかいどう》を満喫《まんきつ》だ～！　思い出いっぱいの修学旅行にするんだも～ん！」

栞奈《かんな》の願いも虚《むな》しく、そう簡単には帰れそうになかった。

「満喫だ～！　思い出だ～！」

後部座席では伊織《いおり》も叫んでいる。

「頭痛くなってきた……」

その呟《つぶや》きもまた、美咲の歌声にかき消されてしまうのだった。

2

札幌《さっぽろ》市内に入った美咲の運転する車は、有名な大通公園《おおどおりこうえん》の脇《わき》を通り抜け、さっぽろＴＶ塔《とう》をぐるりと回り込んだ。その際、伊織が「お～」とか、「ひよ～」とか、間抜《まぬ》けな歓声を上げていた。

Uターンした車は、札幌駅のある方へと曲がって、一本先の通りへと入っていく……かと思ったら、すぐに美咲はコインパーキングに車を停車させた。

「とうちゃ〜く！」

声と同時にサイドブレーキをぎゅっと引き上げる。

「さあさあ、行くぞ。ふたりとも！」

急かされるままシートベルトを外《はず》して外に出る。

先に車から降りていた伊織が、

「おおっ！　あれって!!」

と、なにやら興奮した様子で走り出した。突然、北海道に連れてこられたというのに、伊織は純粋に旅行を楽しんでいるらしい。戸惑《とまど》いや、授業をサボっていることへの罪悪感はないようだ。

「どうしてこの状況に順応してるのよ」

何度目かわからないため息がもれる。

「あたしたちも行くぞ！」

美咲に腕を引かれて仕方がなく歩き出す。

「行くってどこへですか？」

「あれが見えないのか！」

びしっと美咲《みさき》が指を差した先には、とんがった屋根が特徴的な白い建物がある。その一部には、一際《ひときわ》目立つ大きな時計盤が見えた。

「あ、時計台、ですか？」

写真なんかでは見たことがあるけど、現物を見るのははじめてだ。だから、こんな街の真ん中にあることに違和感があって、すぐに本物だとは思えなかった。でも、近づくに連れて、疑いの気持ちは薄れていく。見れば見るほど時計台だ。

正面に回り込むと、疑いの余地《よち》は完全になくなっていた。

今さらのように、本当に北海道《ほっかいどう》にいるのだということを栞奈《かんな》は実感した。けど、一秒とかからずに、栞奈の意識は時計台を離れた。その入り口付近に立っていた人物に、自然と視線が向かう。

今朝、さくら荘《そう》の前で見送った人物。

101号室の住人で、普通科に所属。二歳年上の先輩《せんぱい》。

神田《かんだ》空太《そらた》だ。

身長や容姿は平均的で、勉強もまあ普通。学校内では特に目立つ存在ではない。

さくら荘で暮らすようになったのは、ペット厳禁《げんきん》の一般寮《りょう》で捨て猫《ねこ》を飼っているのがばれてしまったからだと聞いている。

やたらと捨て猫に巡《めぐ》り合う星の下《もと》に生まれたらしく、つい三週間前にも三匹の子猫を拾ってきた。今では計十四の猫《ねこ》と一つ屋根の下だ。

その空太のすぐ側には、同じくさくら荘の住人……２０３号室に住む青山七海《あおやまななみ》の姿もあった。大きなポニーテールが風に揺《ゆ》れている。空太の隣《となり》に寄り添《そ》い、先に行っていた伊織《いおり》と何か話していた。

側に他の三年生の姿は見当たらない。どうやら、ふたりきりで行動しているらしい。修学旅行は班行動が基本なのではないのだろうか。高校生にもなると違うのだろうか。

これでは、なんだかふたりでデートをしている最中のようにも思える。

栞奈がそんなことを考えていると、

「先輩たちは、修学旅行デートですか？」

と、伊織がタイミングよく質問した。

「ち、違うぞ、これは……」

「は、班のみんなが身勝手で、たまたま神田君とふたりになっただけなの！　だ、だからこれはそういうのじゃなくて……」

ふたりの必死の言い訳は、なんだか聞いていて面白《おもしろ》くはなかった。

「お、こーはいくんとななみんだ！」

栞奈の腕を離すと、美咲が元気に駆《か》け寄っていく。

美咲の姿に気づいた空太と七海は、最初こそ驚いていたが、すぐに呆《あき》れたような諦《あきら》めたような顔をする。そのあとでは、何事もなかったかのように、伊織《いおり》や美咲《みさき》と普通に話していた。美咲ならやりかねない。美咲のことをよく知るふたりは、それで納得したのだろう。

「行くぞ、いおりん！」

美咲が号令をかけて、時計台の内部へと突入していく。素直《すなお》に伊織も付いていった。

おかげで栞奈《かんな》の視界の中には、空太《そらた》と七海《ななみ》だけが残された。

「……」

並んで立つふたりの姿には、ちょっと特別な雰囲気《ふんいき》がある。有名な観光地である時計台の前だからということもあるのかもしれないが、少なくともただの同級生の関係には見えなかった。カップルだと言われた方が納得できる。

そして、それもあながち間違いではないことを栞奈は知っていた。

現場を見たわけではないけど、七海は空太に告白をしているのだ。今は空太の返事待ちの状態……。

だから、栞奈が見ているふたりは、明日のカップルかもしれないのだ。

「栞奈さんまで来ることなかったのに」

空太に声をかけられて、ふと我に返る。

「来たくて来たんじゃありません。先輩《せんぱい》たちを見送ったあと、わけもわからないまま車に乗せられて、そうしたら空港に到着してて……何も持たずに……財布《さいふ》もない状態で、連れてこられたんです」

言い訳をするように、そう言葉を口にしていた。なんだか拗《す》ねたような態度になっていることを自覚しても、上手《じょうず》にその感情を隠《かく》すことができない。

でも、そんな栞奈のわずかな変化に、空太は気づいた様子はない。猫《ねこ》の世話をどうしようかで悩んでいた。

ほっとする一方で、面白《おもしろ》くない気持ちもあった。だけど、今度こそ落ち着かない気持ちは、ポーカーフェイスの陰《かげ》にしまった。

「俺らも行こうか」

「うん」

隣《となり》で七海が返事をする。

空太に入館料を払ってもらい、栞奈もふたりのあとに続いた。

内部は展示スペースになっていて、時計台と北海道開拓《ほっかいどうかいたく》時代の歴史資料が整理されて並べられていた。

図書館か、もしくは美術館にでもいるような静けさ。

栞奈の少し前を空太と七海が並んで歩いている。そのふたりの肩が触れ合いそうになるたびに、なんだか胸の中がもやもやとした。

古い板張りの床は踏み締《し》めるたびに、みしみしと危《あや》うげな音を鳴らす。その音は、何かに似ている。そう思った瞬間《しゅんかん》に、七海《ななみ》が答えを口にした。

「なんか、さくら荘《そう》を思い出すね」

確かにそうだと思い顔を上げると、空太《そらた》がやさしい笑みを浮かべて七海を見ていた。

「え、なに？　私、変なこと言った？」

「違う。俺も同じこと考えてたから」

「なんだ、そっか」

照《て》れくさそうな空気がふたりの周囲を包んでいる。色を付けるとしたらピンク色だ。

視線を泳がせた空太の目が、栞奈《かんな》とぶつかった。

「なに？」

そう聞かれて、栞奈は自分がむっとした顔をしていることに気づいた。

とっさにごまかそうとして口を開く。

「言ってもいいんですか？」

「聞かない方がよさそうだな」

「恋人同士みたいな会話ですね」

「言うのかよ！」

「次は恋愛小説にする予定なので、とても参考になります」

自分でもかわいくない態度だと思う。だけど、他にどう言葉を返せばいいのか、栞奈は知らなかった。

　これ以上余計《よけい》なことを言わないように、栞奈は空太の脇《わき》をすり抜けて、二階へと続く階段に足をかけた。振《ふ》り向かずに小走りで駆《か》け上がっていく。

　二階は衝立《ついたて》や敷居《しきい》のない広い空間になっていた。天井《てんじょう》も高く開放感がある。先にやってきていた美咲《みさき》は時計台の資料を食い入るように見つめ、伊織《いおり》は窓に張り付いて外の景色を「ほお～」とか、「ほへ～」とか、バカ丸出しの顔で眺《なが》めていた。

　栞奈は気持ちを落ち着けようと、前方に設置されたモニターの前に座った。流れている映像は時計台の建設にまつわる歴史資料だ。

　少しすると、階段の方から足音が聞こえてくる。空太と七海が上がって来たらしい。

　ふたつの足音は途中で別れた。

　そのうちのひとつが栞奈の側までやってくる。

　隣《となり》に座ったのは七海だ。

　しばらく無言で映像を眺めていた七海が、

「さくら荘での生活はどう?」

　と、声をかけてきた。

「想像していたよりは快適です。部屋もひとりで使えますので」

「そっか。よかった」

本当にうれしそうに七海《ななみ》が微笑《ほほえ》んでいる。

「噂《うわさ》とはだいぶ違いました」

「それってどんな？」

「クマの着ぐるみで登校する生徒がいるとか、グラウンドにライン引きで地上絵を描いた生徒がいるとか、文化祭で打ち上げ花火を上げた生徒がいるとか、先生を精神的に病院送りにした生徒がいるとか……そんな噂です」

「あはは」

力なく七海が笑う。その目は時計の原寸大資料とにらめっこをしている美咲《みさき》へと向けられていた。

栞奈が話した噂の正体は、全部美咲のことだったのだろう。今ならそれがわかる。

「あと、彼女を六人も作った生徒がいるとか、毎日朝帰りをしている生徒がいるとか、常にキスマークをつけている生徒がいるとか」

「その人は、今、大阪《おおさか》の芸大で脚本家になるための勉強をしてる。たくさんいた彼女さんとも別れてね」

それが美咲の旦那《だんな》さんであることも知っている。さくら荘《そう》に引っ越してきた数日後に、空太《そらた》から聞かされたのだ。そのときは「はあ」としか、言いようがなかった。

「椎名《しいな》先輩《せんぱい》には、さすがに驚かされましたけど」

「ましろはね。私も最初は本当に驚いたよ」

昔を思い出すように七海が苦笑する。

「だけど、これでもだいぶよくなったかな」

「そうなんですか？」

「うん。神田《かんだ》君に聞いた話だと、日本に来たばかりの頃なんて、コンビニに行けばレジを通す前に商品を食べちゃったりとか、学校からの帰り道では、必ず迷子《まいご》になったりとかしていたらしいから」

「ちょっと、人として想像できません」

「そうだよね。今では一応、自分で着替えるし……まあ、靴下は片方しかはいてなかったりするけど」

喉《のど》の奥の方で七海が笑っている。

「椎名先輩が変わったのは、空太先輩が原因ですか？」

その空太は時計の原寸大資料の前で美咲となにやら話し込んでいる。一体、何を話しているんだろう。どこか真剣な横顔だった。

「そう。神田君が原因……」

同じ言葉なのに、七海が口にすると妙《みょう》に意味《いみ》深《しん》に聞こえた。栞奈が知らない空太とましろのことを、七海《ななみ》はたくさん知っているからだろうか。栞奈《かんな》が知っているのは、せいぜい、ましろもまた空太《そらた》に告白をして、その返事を待っているということくらいだ。

なんだか、少し悔《くや》しいような気持ちになる。自分だけが部外者のような気分……。事実、その通りなのだが……。

「あの、聞いてもいいですか？」

「なに？」

「青山先輩《あおやませんぱい》は、空太先輩のどこが好きなんですか？」

「そ、そういう話!?」

半分は驚き、もう半分は照《て》れが混ざっている。それも純粋な。七海のこういう態度はどこにも嫌味《いやみ》がなくて、同性の栞奈から見ても、素直《すなお》にかわいいなあと思える。

「すいません。失礼だったら謝《あやま》ります」

「ううん、そういうわけじゃなくて、急だったからびっくりしただけ、ほんと」

言い終えたとき、七海の表情には驚きも照れもなかった。代わりに、どこかうれしそうに栞奈には見えた。それは、好きな空太の話ができることへのうれしさだったのだと思う。

「しいて言えば、雰囲気《ふんいき》なのかな」

「……雰囲気、ですか？」

美咲と話している空太を横目に映す。空太は特に顔立ちが整っているというわけではない。

運動部で活躍しているわけでもない。特別勉強ができるわけでもない。生徒会役員として全校生徒を引っ張っているわけでもない。さくら荘《そう》に住んでいるという、ちょっとおかしなステータスは持っているけど、その点を抜けば平凡な男子生徒。栞奈から見れば、平凡な三年生の先輩だ。

一年生のクラスにいて、さくら荘の冠《かんむり》が付かなければ名前が聞こえてくることもない。注目しているのは、兄である空太のことが大好きで仕方がないらしい、妹の優子《ゆうこ》くらいのものだ。

「人との距離の置き方っていうか、付き合い方って言えばいいのかな」

なんとなくわかる気がした。

それは、栞奈も感じたことがある。空太は栞奈のスカートの中の事情を知っても、栞奈から離れてはいかなかった。態度を急変させることもなかった。秘密を守って、栞奈の側に立って物事を考えてくれた。それどころか、小説の新作を書けなくて苦しんでいた栞奈の手助けもしてくれたのだ。

「人に関わるのって、エネルギーがいると思うんだよね。場合によってはウザいって思われたりして、ものすごく損《そん》をすることもあったりして」

「そうですね」

「だけど、神田君はその損の部分がわかってないんじゃないかなって思うくらい、誰に対しても諦《あきら》めないっていうか……。でも、それは強引に入ってくるわけでもなくて……そういうところに、私はころっと行っちゃったのかな」

七海《ななみ》の口元はやさしく微笑《ほほえ》んでいる。

「大阪《おおさか》からひとりでこっちに来て、色々不安だったりして、声優目指してることを最初に打ち明けられたのも神田《かんだ》君だったし。笑わずに聞いてくれて、すごいって言ってくれて」

「空太《そらた》先輩《せんぱい》は幸せですね」

「え？」

「青山《あおやま》先輩にそんなに想われて」

「困らせてなければいいけどね」

照《て》れ隠《かく》しなのか、ばつが悪そうに七海は苦笑《にがわら》いを浮かべた。それすらも、恋する乙女の雰囲《ふんい》気《き》が全開で、やっぱりかわいらしく栞奈には見えた。

そんな風に笑える七海を羨《うらや》ましいと思えるくらいに……。

そこへ、気分を台無しにする美咲《みさき》の一言《ひとこと》が飛んできた。

「よ～し、次行くぞ、いおりん、ノーパン！」

「そ、そのあだ名、止めてください！」

ばっと栞奈《かんな》は椅子《いす》から立ち上がり抗議する。

「んじゃ、旭川《あさひかわ》までぶるるんっとドライブして、白クマとご対面だ！　ふぉろみ～、いおりん、ノーパン！　くまがくまって、白くまった～」

だが、空太いわく宇宙人である美咲に、栞奈の真っ当《まっとう》な言い分など届くはずもないのだった。

3

車で走ること約一時間。東に進んだ車は旭川に到着した。

一直線に目指したのは、美咲のお目当てである白クマがいる動物園。

動物の生態が見えやすいように園内は工夫された造りになっていて、よくTV番組などで紹介されていた。一度は来たいと思っていた場所だ。

でも、いざ動物園に足を踏み入れても、栞奈の感情はそこまで盛り上がらなかった。

「ひゃっほ〜い！　白クマ〜!!」

と、ゲートをくぐるなりひとりで走り去った美咲が羨ましい。

思った以上に、時計台で目撃《もくげき》した空太と七海のツーショットを心が引き摺《ず》っている。車での移動中も、頭から離れなかった。小説のネタでも考えて忘れようとしたが、まったく集中できず、結局、空太と七海の姿を思い出していた。

園内をふらふらと歩いて、なんとなくペンギンのコーナーにたどり着いた。

手すりに寄りかかって、ぺたぺたと歩くペンギンたちの姿をぼんやりと眺《なが》める。

しばらくそうしていると、急に視界が暗くなった。

隣《となり》に伊織《いおり》がやってきたのだ。

「お前、なんかへこんでない？」

「……別に普通」

少し驚きながらそう返す。

「そうか？　じゃあ、怒ってんのか？」

「どうして、そう思うわけ？」

「顔、こわいぞ」

「別に怒ってない」

「そっか、顔こわいのはいつもだもんな」

屈託《くったく》なく伊織が笑い声を上げる。

とりあえず、足を踏んでおく。

「ごがっ！　いって〜！　お、お前、なにすんだ！　ひどい！　ひどすぎない!?」

ぴょんぴょんと足を抱《かか》えて伊織が飛び跳《は》ねる。

「大げさ」

「小指のとこだけ狙《ねら》って踏んどいてそりゃないだろ！」

なおも飛び跳ねる伊織は若干涙目《じゃっかんなみだめ》だ。

「ふ〜ん、それくらいはわかるんだ」

「お前、性格悪すぎるぞ？　大丈夫か？　そんなんでほんとに大丈夫なのか？　お前、根《ね》は悪いやつなんだな？」

もう面倒《めんどう》なので、返事はしなかった。無視していれば、伊織はどこかへと行くだろう。そう思っていた。だけど、なかなか伊織は移動する気配を見せない。

それどころか手すりに置いた手を、ピアノを弾《ひ》くように動かしはじめた。

栞奈の視線はまずその指に向かい、次に伊織の顔を捉《とら》える。

それで気が付いたのか、伊織は、

「あっ」

と、見られたくないものを見られたときのような反応で、両手を背中に隠《かく》した。はっきりとはわからなかったけど、弾いていたのは五月頭のコンクールで中断した曲に思えた。

観客の反応が気に入らなくて演奏を止めるなど、本来はあってはいけないことのはずだ。でも、伊織が手を止めた理由を聞いて、その気持ちはわかる気がした。伊織には美咲《みさき》と同い年の姉がいる。その姉もスイコーの卒業生で、伊織と同じく音楽科だったらしい。しかも、成績は優秀。現在はオーストリアへ留学している。その姉の演奏と比べられることが嫌《いや》で、そういう会場の空気を感じ取って、伊織は演奏を止めたのだ。

「ねえ」

「ん？」

「お姉さんってどんな人？」

聞くと、伊織《いおり》は目をぱちくりさせた。頭をぼりぼりと掻《か》いている。

「結構、美人」

今度は栞奈《かんな》がきょとんとする番だった。

「……あなた、すごいわね」

「なにが？」

「身内をそんな風に褒《ほ》められるなんて」

栞奈にはとても真似《まね》できない。それは家庭環境の差だろうか。すでに栞奈は両親の離婚と再婚を経験している。家に居場所がないと思っている。だから、寮《りょう》のあるスイコーを受験したのだ。

「俺は普通だと思ってるんだけど、みんながそう言うから」

伊織がズボンのポケットからケータイを取り出した。何か操作したかと思ったら、画面を栞奈に見せてきた。

「これ」

表示されていたのは、伊織と同様、大きなヘッドフォンをした女性。ふわふわのショートヘアに、大人《おとな》びた顔立ち。なるほど、顔だけはいい伊織の姉だけのことはある。確かに、美人だった。外国の建物の前でにっこりと笑っている。

「今、オーストリアに留学中。彼氏あり」

「それは知ってる」

栞奈がさくら荘《そう》にやってきた直後のことだ。伊織のコンクールを見に行った先で、その彼氏である館林総一郎《たてばやしそういちろう》に会っている。誠実で真面目《まじめ》そうな人物だった。

「あと、ピアノが上手《うま》い」

「そう」

「うん、ピアノが上手い」

「それは聞いた」

「ほんと上手いんだよなあ。あ〜あ」

「慰《なぐさ》めてほしいわけ？」

「だったら俺も相手を選ぶ。抱きしめてもらうなら、もっと包容力がないと。主に胸のあたりに？」

失礼にも伊織は栞奈の胸元を見て、ため息を吐《つ》いている。

「じゃあ、あとで美咲さんに頼んで牧場に連れていってあげるわ。ホルスタインとお幸せに」

「お前の方こそ、いっぱい牛乳飲んだ方がいいぞ」

そんなことは言われるまでもなく毎日飲んでいる。けど、体に変化もないし、ストレスを軽減する役割も全然果たしてくれていない。

「あ～あ、ペンギンはのんきでいいよなあ」

丁度《ちょうど》エサの時間なのか、飼育員さんがやってきて、魚を投げ込んでいた。器用にペンギンたちが空中でキャッチしている。

「少なくともあなたよりは気苦労が絶えないはずよ」

「え～、どんなだよぉ？」

「あの小さいのは、両隣《りょうどなり》のメス二匹と三角関係で、どっちを選ぶべきか悩んでるの。その奥の大きなオスは、昨日奥さんと不倫《ふりん》相手がばったり鉢合《はちあ》わせてしまって、修羅場《しゅらば》の真っ最中。手前のメスは最近太ってきてダイエットに苦戦中で、今転んだのは腰痛《ようつう》が酷《ひど》くて大変なのよ」

「お前、ペンギンの事情に詳《くわ》しいんだな」

適当にあしらおうと思ったのに、伊織《いおり》は目を輝かせている。

「全部嘘《うそ》なんだけど」

「俺を騙《だま》したのか!?」

「あなたが勝手に騙されたんでしょ。普通、誰も信じない」

「俺、普通じゃないし」

なぜだか伊織は誇らしげだ。

「胸を張って言うことじゃないでしょ」

「人と違うのっていいことじゃん」

「あなたがどう思おうと好きにしていいけど、隣に立たないでくれる?」

「なんで?」

「バカがうつる」

「うつるか!」

「バカなのは認めてるのね」

「バカって言うやつがバカなんだよ、バ～カ」

「今、三回も言ったから、やっぱりあなたは漢字で書くと、馬と鹿なのね」

「バカな!」

「はい、四回目」

「はかったな!」

「あなたが勝手にはかられたんでしょ。……いいから、離れて」

「だから、なんでだよ」

「知り合いだと思われたくないから」

「いいだろ、それくらい」

「恋人同士だとか勘違《かんちが》いされたら死にたくなる」

周囲には、カップルの姿も多い。たぶん、栞奈《かんな》と伊織も組み合わせも、そんな風に見えているんじゃないだろうか。

「それは確かに問題だな」

難しい顔になった伊織《いおり》は、まじまじと栞奈《かんな》を観察していた。

「こんな貧乳《ひんにゅう》を好きだなんて思われたら絶望的だ」

「あなたの頭の中には、他に何もないわけ？」

「え～、だって、興味津々《しんしん》で触ってみたいじゃん」

「……」

「な、なんだよ、そのゴミを見るような目は」

「正真正銘《しょうしんしょうめい》、ゴミを見る目」

「せめて、ような は残しておけよ！」

「嫌《いや》」

「なんなんだ、お前。全身悪意で出来てんのか？ 悪魔《あくま》の子なの!?」

「……」

「なんだ、そのアホの子を見るような目は？」

「正真正銘、アホの子を見る目」

「カムバック、ような！」

すると、そこにひそひそと話し声が聞こえてきた。

「なにあれ、デート中にケンカ？」

「俺らも前はよくしてたよな」

二十代半《なか》ばくらいのカップルが栞奈と伊織を見ながら、そんなことを言っていた。

「違いますよ〜。俺はもっとこうおっぱいの大きい子が好きなんです！」

やめておけばいいのに、伊織が思いの丈《たけ》を打ち明けている。

ますます居心地《いごこち》は悪くなった。

「ねえ、あなた」

「お、おう、なんだよ、人でも殺しそうな顔で」

「今後、三メートル以内に近づかないで」

それだけ言い残して、栞奈は返事を待たずにすたすたと歩き出す。

すると、正面から跳《は》ねるような足取りで、見知った人物が走って戻ってきた。

「あ〜、いたいた、ノーパン、いおりん！」

「ちょ、ちょっと、こんな人の多いところで止めてください！」

「よ〜し、じゃあ、札幌《さっぽろ》に帰るぞ」

「え？」

まだ旭川《あさひかわ》にやってきて三十分ほどしか経《た》っていない。

「あ、ラーメン食べていく？　旭川ラーメン」

「いえ、そうではなくて、動物園はもういいんですか？」

「白クマはばっちり堪能《たんのう》したぞ、がお～！」

両手を挙げて、美咲《みさき》が威嚇《いかく》のポーズを取った……かと思ったら、がしっと抱きついてきた。

「ちょ、ちょっと美咲さん⁉」

見た目からしてすごいのはわかっていたけど、胸元の弾力がものすごい。栞奈《かんな》にはないものが美咲にはある。

「あ～、いいなあ」

抱きつかれた栞奈を、伊織《いおり》が物ほしそうに見ている。

「は、離れてください」

肩を摑《つか》んで美咲から離れる。

「動物園、他にも見る場所、たくさんあると思います。アザラシに、ライオン、ヒョウ、エゾシカにシマフクロウとかいるのに」

「見たくなったらまた来るからいいんだよ！」

力強く言い切られて、栞奈は言葉を失った。

これほどまでに価値観が合わない人間に出会ったのは、生まれてはじめてだ。空太《そらた》が宇宙人だと言っていた意味が本当によくわかる。

「あ～、そだそだ、途中でふたりの着替えを買わないとね！」

うなだれる栞奈をよそに、美咲はもう別の話をしていた。

その後、栞奈はおいしい旭川《あさひかわ》ラーメンをご馳走《ちそう》になり、美咲の運転する車に揺《ゆ》られて、札幌《さっぽろ》まで戻ってきた。

綺麗《きれい》な駅ビルの中にあるアパレルショップに連れ込まれ、フィッティングルームでは美咲にもみくちゃにされた。アレも、コレもと色々と着せられたのだ。完全に着せ替え人形扱《あつか》いだった。下着まで選んでくれたものだから、ものすごく恥《は》ずかしい思いをした。

おかげで、ホテルに到着する頃には、もう完全に栞奈はへとへとだった。普段からあまり遠くには出向かず、新しいことにもさほど挑戦しない性格の栞奈にとって、今日一日の出来事はあまりにも負担だった。移動による肉体的な疲れと、美咲という未知なる生命体との接触からくる精神的な疲労は半端《はんぱ》ではなかった。

美咲が取ってくれたロイヤルデラックススイートルームの豪華《ごうか》さに驚く気力もなく、四つある寝室のひとつに逃げ込むと、栞奈は眼鏡《めがね》を外してベッドに前から倒れ込んだ。

「疲れた……」

これで、やっと休める。

そう思った矢先だった。部屋のドアが勢いよく開け放たれる。やってきたのは美咲だ。一体全体、どういう体力をしているんだろうか。常に飛んだり跳《は》ねたりしている上に、車の運転もしていたというのに、疲れるどころか、どんどん元気になっている気すらする。

「お風呂《ふろ》にいくんだも～ん！　大浴場があるんだぞ！」

「私、ここのお風呂でいいです」

先ほど部屋と間違えて入ったバスルームは、かわいらしくておしゃれなジャグジーだった。

「いかんぞ、ノーパン！」

今だけは、そのあだ名でもいいように思えてくる。

「大浴場こそ、修学旅行の醍醐味《だいごみ》なんだから！　あたしと、背中の流し合いっこしようよ！　端《はし》から端まで泳いで競争しようよ！　せっけんスケートで対戦しようじゃないか！」

ますます一緒《いっしょ》に行きたくなくなってくる。

「あ、さては、ノーパン、せっけんホッケー派だな！」

「私、大勢でお風呂に入るのが苦手《にがて》なんです」

なんというか、無防備《むぼうび》な感じがして、居心地《いごこち》が悪いのだ。その上、羨《うらや》ましいスタイルの美咲《みさき》なんかと入ったら、自己嫌悪《けんお》に陥《おちい》るに決まっている。

「うん、じゃあ、いこうか！」

美咲に手を摑《つか》まれて引っ張り起こされた。

「……はい。行きます」

邪気《じゃき》のない笑みを見せられ、栞奈《かんな》はそう答えるしかなかった。

4

「はあ……本当に疲れた……」

お風呂から戻ってくると、栞奈は浴衣《ゆかた》姿のまま、リビングに置かれた大きなソファにダイブした。

とにかく美咲にもみくちゃにされて大変だった。あんなところを他人に触られたのは人生ではじめての経験だ。思い出すだけでも、顔が赤く染まっていく。

今日は最初から最後までずっと美咲のペースに振《ふ》り回されっぱなしだ。こんなに心が前後左右に見境《みさかい》なく動かされたことはない。特に最近では、なるべく何も感じないように、変に動揺《どうよう》しなくていいように、静かで何の事件にも巻き込まれないような生活を心がけてきていたから……。

「いつになったら帰れるんだろう……」

空太《そらた》たちの修学旅行は三泊四日の予定だ。

その日程に合わせるのだとしたら、恐ろしいことにあと三日も残っていることになる。

それを思うと、憂鬱《ゆううつ》の雲が栞奈の頭上を塞《ふさ》いでいった。

でも、ちょっとだけ、よかったというか、なんというか、そういうこともあった。

大浴場から部屋に戻る途中、ホテル内のお土産屋《みやげや》さんで空太《そらた》と会って、ふたりで話をすることができたのだ。

眼鏡《めがね》をしてない顔を褒《ほ》められたときは、ドキッとした。

ソファから顔を上げると、窓ガラスに栞奈《かんな》の顔が映っていた。髪を手でとかしてみる。でも、眼鏡をかけていないから、よく見えなかった。

代わりに、栞奈はずっと握《にぎ》っていた紙の包みを顔の前に持ってきた。

お土産屋さんで気になっていたストラップを、空太が買ってくれたのだ。

テープを外《はず》して、中身を取り出す。

クマのキャラクター。北海道《ほっかいどう》限定の『がぶりんちょべあ～』白クマバージョンだ。

着替えを入れていたバスケットの中からケータイを摑《つか》んで、ストラップをつけることにした。

小さな穴に紐《ひも》を通すのは少しもどかしい。でも、すんなり入らないことが、今はなんだか楽しく思えた。

ケータイにぶら下がったクマを指で小突いたら、ゆらゆらと前後に揺《ゆ》れた。

「うおっ！」

そこに、せっかくの気分を害する間《ま》の抜《ぬ》けた声が聞こえてきた。

「おかしな声を出さないで」

「お前が出させたんだろ」

「なによ、それ」

「だって、なんか、機嫌《きげん》よさそうだぞ？　大丈夫か？」

指摘されて、口元が緩《ゆる》んでいたことに気づく。足までばたばたさせていた。

「彼氏にもらったプレゼントを見てにやにやしてる女子みたいだったぞ!?　目を覚ませ！　お前は、そんな可愛《かわい》げのある女じゃないはずだ！　帰ってこい！」

「あなたね……」

苛立《いらだ》ちに任せて、伊織《いおり》を睨《にら》み付ける。

けれど、続きの言葉を遮《さえぎ》るように、インターフォンが鳴った。

誰かが訪ねてきたらしい。

栞奈は浴衣《ゆかた》の合わせ目をきちんと直しながら、ドアの前に移動した。

少し警戒《けいかい》しつつ、ゆっくりとドアを開く。

廊下に立っていたのは、栞奈も知っている人物だった。

さくら荘《そう》では栞奈のお隣《となり》の部屋……２０２号室に住む美術科の三年生。

椎名《しいな》ましろだ。

肌《はだ》は透《す》き通るように白く、瞳《ひとみ》はこの北海道の星空のように澄んでいる。

華奢《きゃしゃ》で細い体。守ってあげたくなるように儚《はかな》げで、壊《こわ》れてしまいそうな繊細《せんさい》な雰囲気《ふんいき》が全身から漂《ただよ》ってくる。でも、同時に凛《りん》とした芯《しん》の強さも目元から感じ取れる。

栞奈が出会った中では、間違いなく一番に綺麗《きれい》だと思える人物。

さくら荘《そう》に引っ越してきて三週間が経過した今も、こうやって目の前に立たれると、ドキッとするし、気持ちがそわそわとしてしまう。

手に何か持っている。白い布。形状からして、ワンピースだろうか。

「栞奈《かんな》」

鈴が鳴るような声音《こわね》で、ましろが語りかけてきた。

「あ、すいません。ぼーっとして」

「美咲《みさき》は?」

「中です。どうぞ」

通りやすいように栞奈が壁に身を寄せると、ましろは音もなく部屋に入ってきた。

リビングに引き返すと、美咲がいつの間にかゲーム機を大画面TVに接続して、伊織《いおり》と格闘ゲームで対戦をはじめていた。一体、どこから持ってきたのだろうか。

「美咲」

「お~、ましろん、いらっしゃい!　一緒《いっしょ》にやる?」

「いいわ」

「あ、言い忘れてたけど、負けた方が一枚ずつ脱いでいくってルールだぞ、いおりん!」

「まじですか!?　いやっほ~い!　って、げっ、瞬殺《しゅんさつ》!?」

画面にはＫＯの文字が躍《おど》っている。第二ラウンドも、ものの数秒で片付けられていた。

「ふがいないぞ、いおりん！」

「俺、初心者なので手加減《てかげん》してくださいって」

「できん！　というわけで脱いでもらおうか、いおりん！」

「はい……」

お風呂《ふろ》上がりの浴衣《ゆかた》の帯に、伊織が手をかける。迷わずに解《ほど》こうとしたので、栞奈は力いっぱい帯を引っ張って、結び目が取れないようにしてあげた。

「だ～、お前、なにすんだよ！」

「脱がれるとこっちが迷惑なの。わかる？　だいたい、その格好《かっこう》じゃあ一枚脱いだら終わりじゃない」

「お前と違って、パンツはいてるから、まだいけるって。俺を侮《あなど》ってもらっては困るな。へへ～ん」

とか言いながら、伊織が浴衣の裾《すそ》をまくり上げた。お土産屋さんで買ったらしい、リアルなクマがプリントされたトランクスを見せつけてくる。

「……」

星の数ほど文句を言いたいところだったが、栞奈には言葉に詰まる理由があった。恐らく、伊織は適当に口走っただけなのだろうが、今、確かに栞奈はパンツをはいていない。浴衣だから……ということもある。あとは、今日溜まったストレスを発散したい気持ちがあって、お風《ふ》呂《ろ》上がりに着替える際、ちょっとした出来心《できごころ》で、はかずに浴衣《ゆかた》を羽織《はお》ったのだ。

「美咲《みさき》さん、俺に練習する時間をください！」

大真面目《おおまじめ》に伊織《いおり》が美咲に頭を下げている。完全に土下座《どげざ》だ。生ではじめて見た。

「よかろう！」

「よっしゃ～！　がんばれ、俺、おっぱいを拝《おが》むその日まで！」

ひとりで伊織が威勢よくゲームの練習を開始する。だけど、コンピューターにすらボコボコにされているところを見ると、勝利への道は果てしなく遠そうだ。

「んで、ましろんはどったの？」

「明日、空太《そらた》と小樽《おたる》」

「おお、デート！　いいね、いいね！」

「服、これでいいと思う？」

ましろが手に持っていたワンピースを広げて、自分の体に当てる。

「うん、かわいいぞ、ましろん！」

「そう、よかった」

安心したようにましろの表情がわずかにやわらぐ。

「ついでに、帽子もかぶっちゃおう！」

美咲は、栞奈《かんな》の洋服と一緒《いっしょ》に勝ったつばの大きな帽子を丸い箱から取り出すと、ましろの頭に乗せた。

白のワンピースとマッチして、清楚《せいそ》な印象が倍増している。

「美咲にお願いがあるわ」

「なになに？」

「メイクを教えて」

「おっけ～い！」

ましろの言葉に少し驚いた栞奈とは対照的に、美咲は思考時間ゼロで受け入れている。

「じゃあ、こっちだよ、ましろん」

美咲はましろの手を引いて、ジャグジーの脇《わき》に設置されたパウダールームに入っていく。普通の洗面所と分かれているあたりは、さすがロイヤルデラックススイートと言ったところだろうか。何から何まで造りが豪華《ごうか》で、無駄に色々とありすぎる。

どうしてメイクが必要なのかは、わざわざ聞かなくてもわかった。

すべては明日のため。

空太と小樽を回るから……。

だから、少しでも綺麗《きれい》になろうとしている。栞奈から見れば、ましろはすっぴんでもとても綺麗なのに。綺麗すぎて、こわいくらいなのに……。それでも、空太のために、まだ綺麗にな

ろうとしている。

きっと、それが恋をするということなのだ。これで大丈夫なんて安心できることはなくて、いつもどこかに不安を抱《かか》えている。

熱心に美咲《みさき》のレクチャーを受けているましろの姿を見ていると、栞奈《かんな》は心がどんどん窮屈《きゅうくつ》になっていくのを感じた。息苦しくなって目を逸《そ》らす。

「絶対に、美咲さんに勝ぁ～つ!!」

振《ふ》り向くと必死の形相《ぎょうそう》でゲームの特訓をしている伊織《いおり》の姿があった。

無言のまま近づいて、ゲーム機の電源をオフにした。

「どあぁ～！　お前、なにすんの!?　俺の夢を阻《はば》むのか？　いいだろう、まずはお前から倒してやるよ、絶壁眼鏡女《ぜっぺきめがねおんな》！」

「部屋から出て行って」

「え？　なんで？」

「私、もう寝るから」

「寝れば？」

「あなたと一緒《いっしょ》の部屋で寝るなんてありえない。今すぐ出て行って。出て行かないなら警察に連絡するわ」

ケータイを出して、『1』、『1』、『0』と押した。『ピ』、『ピ』、『ポ』の順番に音が鳴る。

「おい、今、ほんとに110番押したろ?」

「さすが音楽科。耳だけはいいんだ」

「絶対音感くらい持ってるっての! じゃないとスイコー受かんないからな!」

「いいから、早く出て行って。私に発信ボタンを押させたい?」

「お、押すなよ、絶対に押すなよ? って、これだと押せって言ってるように聞こえちゃう?」

「ええ」

指を発信ボタンに合わせる。

「わ~、待った待った! 出て行きます! 出て行きたかったんだよ、ちくしょう! 覚えてろよ、お前……」

「わかってくれて助かるわ」

若干涙目《じやっかんなみだめ》になりながら、伊織《いおり》は部屋を出て行った。最後まで未練を残した視線を栞奈《かんな》に送りつつ……。

伊織がいなくなると、途端《とたん》に周囲は静かになった。

パウダールームの方では、おでこを出したましろがメイクに挑戦《ちようせん》している。それを横目に映し、最後まで見届けることなく栞奈は寝室に移動した。

ベッドにうつ伏《ぶ》せになる。枕《まくら》に顔を埋めた。

伊織に対しては、理不尽《りふじん》でしかない八つ当たりだったが、思いのほか心は軽くなっている。

さすがに酷《ひど》い扱《あつか》いだったから、明日は少しやさしくしよう。そんなことを思いながら目を閉じると、今日一日の疲れのせいか、栞奈の意識はすぐに眠りの中へと落ちていった。

5

北海道《ほっかいどう》二日目の朝、栞奈は美咲《みさき》に抱きつかれ、その胸の重圧による息苦しさで目を覚ました。やわらかいし、いい香りがするし、伊織が騒ぐ理由もわからないでもない。できることなら、栞奈も美咲のようなスタイルに生まれたかった。

朝食はルームサービスで済ませ、空太《そらた》が泊まっている部屋に伊織を起こしに行ったあとで、昨日と同様、栞奈は美咲の車に乗せられた。

連れていかれたのはビール工場。

スイコーの三年生たちは、乳製品工場の見学なのだが、そっちは定員オーバーということで予約が取れなかったらしい。

仕方がなく栞奈、伊織、美咲の三人はビールの製造工程を見て回った。意外と人気があるようで、午前中から結構な人が訪れている。それも大人《おとな》が多い。その一番の理由は見学し終わった段階でわかった。出来立《できた》てのビールを試飲できるのだ。

未成年の栞奈たちは、ビールの代わりにジュースを飲んで見学は終了となった。

「用意はいいか、諸君！　これより小樽《おたる》へドライブだ！」

ビール工場見学のあとで、栞奈《かんな》たちは車で小樽を目指した。海沿いの道は開放感があって、とても心地《ここち》いい。

美咲《みさき》の謎《なぞ》の歌をBGMにして、綺麗《きれい》な景色を眺《なが》めていると、すぐに車は小樽に到着した。一時間程度だっただろうか。

ホテルの駐車場に車を止め、早めのチェックインを済ませる。今日も宿泊するのはホテルの最上階。無駄に広い豪華《ごうか》な部屋。時刻は午後一時三十分。眼下の駐車場には、スイコーの三年生を乗せたバスが続々到着している。ぞろぞろと生徒たちが荷物をホテルに運び込んで来ていた。その中で、一際《ひときわ》目を引く存在がある。ましろだ。

そう言えば、昨日、空太《そらた》と小樽を回ると言っていた。本人はそう明言しなかったが、それはデートなんじゃないだろうか。

「……」

余計《よけい》なことを考えないように、栞奈は頭を左右に揺《ゆ》すった。

「こーはいくんたちは、このあと自由時間みたいだから、あたしたちもそうしよう」

どこで手に入れたのか、美咲は修学旅行のしおりを持っている。

「はい、これ」

立て続けに栞奈、伊織《いおり》に旅行のガイドブックを配る。表紙には『札幌《さっぽろ》・小樽』と大きな文字で書かれていた。

「では、解散！」

掛《か》け声と同時に、美咲は部屋を飛び出していく。

「カニ食べた〜い！」

という魂《たましい》の叫びは、足音と共に遠ざかって行った。

気になることがあったので、栞奈も少し遅れて出かけることにした。


エレベーターで一階のロビーに下りる。

まずは左右の確認。お目当ての人物は見当たらない。スイコーの三年生たちは、まだ荷物を運び込んだばかりの部屋で、のんびりしているのかもしれない。

栞奈はエレベーターホールと入り口を結ぶ動線からは死角となる柱の陰《かげ》に寄りかかった。

五分ほど待つと、いくつかのグループが下りてきて、小樽の街へと出かけていく。栞奈の待ち人がやってきたのは、それからさらに五分が経過した頃だった。

軽装の空太に連れはいない。誰を待つわけでもなくホテルを出ていく。てっきりロビーでましろと待ち合わせをするのだと思っていたのに、あてが外《はず》れた。

栞奈は空太から十メートル以上離れて、その背中を追うことにした。

空太が周囲の景色を眺《なが》めながら歩くものだから気が気じゃない。振《ふ》り向かれたときの言い訳を考えているうちに、小樽《おたる》駅の前にたどり着いた。

栞奈《かんな》は道を逸《そ》れて、ロータリーの脇《わき》に止まった車の陰にしゃがんで身を隠《かく》した。

空太《そらた》は駅の出口近くに立っている。ケータイを出して時刻を確認しているようだ。

駅の時計は二時を示していた。

どうやら、ましろとは小樽駅で待ち合わせらしい。ますますデートっぽい。

たぶん、約束の時間は二時。

そろそろましろもやってくるのだろうと思い、栞奈はホテルの方に視線を向けた。けど、今のところ容姿は見えない。あの容姿だ。視界に入れば目立つからすぐにわかる。

けど、五分待っても、十分待ってもましろはやってこなかった。十五分が経過して、気が付けばあと数十秒で二十分になる。

その間、空太は特に焦《あせ》るでも苛立《いらだ》つでもなく、何度かケータイを見て、何度かケータイを耳に当てただけだった。

やがて、三十分になろうかというところで、急に肩を誰かに叩《たた》かれた。

「きゃっ！」

思わず、悲鳴が上がる。

「なにしてんの、お前」

振《ふ》り向くと、伊織《いおり》が立っていた。

「それに、今の『きゃっ』って、女の子みたいだったぞ!?　熱でもあるのか？」

「あなた、目が腐ってるんじゃないの？　私はれっきとした女子」

「で、なにしてるわけ？」

「……それは」

口籠《くちご》もりながら横目で空太を確認すると、こちらを向いた空太と目が合いそうになった。

慌《あわ》てて伊織の手を引っ張ってしゃがませる。

「ぎゃあああっ！　襲《おそ》われっ、ふがっ、ふごっ!!」

急いで口も両手で塞《ふさ》いだ。

「黙《だま》って」

「ふごっ！　ふごっ！」

空太の方を改めて確認する。とりあえず、ばれてはいないようだ。もうこちらを見てはいない。むしろ、ホテルの方に釘付《くぎづ》けになっている。

ましろがやってきたのかもしれない。そう思って、目を向けるとその通りだった。

そして、その姿を見た瞬間《しゅんかん》、栞奈は言葉を失った。

白のワンピースに、昨日、美咲《みさき》から借りたつばの大きな帽子。サンダルをかぱかぱと鳴らしながら、空太のもとへと駆《か》け寄っていく。

伊織の口を押さえた手からも自然と力が抜けた。

「あ、空太《そらた》先輩《せんぱい》と、椎名《しいな》先輩じゃん」

車のガラスに張り付いて、伊織《いおり》も様子を窺《うかが》っている。

「なんか、今日の椎名先輩すごくね？　なにあれ、妖精《ようせい》？　天使？　女神⁉　天女⁉」

伊織が興奮した声を出すのも無理はない。

それくらい、薄《うっす》らとメイクをして着飾ったましろは、どうしようもなく綺麗《きれい》だった。

ふたりが何を話しているのかは聞こえないが、空太がましろを前にあたふたしているのだけは伝わってくる。

まともに顔も見られないといった感じだ。ここからでも顔が赤く染まっているのは確認できた。

何度かやり取りをしたあとで、空太とましろは並んで歩き出した。いや、ちょっとだけましろが遅れている。まるで付き合い出したばかりの初々《ういうい》しいカップルのような気恥《きは》ずかしさが漂《ただよ》っていた。

「で、お前はなにやってんの？」

伊織が若干《じゃっかん》引いた目で栞奈《かんな》を見ている。失礼この上ない。

でも、自分でも何をやっているんだろうとは思う。

こんなの普通じゃない。今すぐホテルに引き返そうか。頭ではそう考えてみるけど、心は全然その方向には傾いていかない。

それどころか、栞奈は立ち上がると、小さくなっていた空太とましろの背中を見つけ、そのあとを追いかけた。

「無視なの？　そうなの～!?」

「ついてこないで！」

小樽《おたる》駅を出発した空太とましろがやってきたのは、小樽の有名な観光地である運河だった。

他にも多くの観光客の姿がある。

柵《さく》の前でスケッチを開始したましろを、空太は近くのベンチに座って見守っているようだった。

栞奈は近づきすぎないよう、ふたつ隣《となり》のベンチに座った。丁度《ちょうど》いい具合に他の観光客の集団に紛《まぎ》れることができた。

「で、お前はほんとなにやってんの？」

「なんでついてくるのよ」

「俺は、ほら、アレだよ」

伊織は明後日《あさって》の方向を見ている。

「どれよ」

「後学のために、空太先輩《せんぱい》のデートを見学させてもらってるんだ。じゃないと大変だろ？　彼女ができたときにどうすればいいかわからなくてさ」

「そんな心配する必要ないでしょ」

「うん、まあ、俺なら愛のパワーでなんとかできるだろうしな」

「あなたに彼女ができる日なんてこないからよ」

「こわいこと言わないで！」

「大きな声を出さないで」

本気で睨《にら》みつけると、伊織《いおり》は露骨《ろこつ》に身を引いた。

「あ〜、彼女ほしいな。ほしいな〜」

なにやら、いじけて地面をいじっている。ウザいったらない。

「ひとついい方法教えてあげる」

「なになに？」

「黙《だま》ってピアノ弾《ひ》いてなさい。顔はいいんだから、バカな女が騙《だま》されてくれるでしょ」

「おっぱい大きい子がいいな」

「だから、それを言うなって言ってんの！」

「し〜！　先輩《せんぱい》たちにばれるって」

伊織が栞奈《かんな》の口を手で塞《ふさ》いでくる。

「ちょっ、ちょっと、やめてよ」

抵抗したせいで、伊織の手がずれる。一瞬《いっしゅん》、胸に手が重なった。

「バ、バカ、触らないで！」

「あ、もう、どっか行くみたいだぞ」

言われて空太《そらた》とましろの方を見る。空太がベンチから立ち上がっていた。

「にしてもさ、お前」

「な、なによ？」

「胸に鉄板でも入れてる？」

「どういう意味？」

「鍵盤《けんばん》より凹凸《おうとつ》なかった」

「死んで」

栞奈は立ち上がった伊織の股間《こかん》に、無表情で膝《ひざ》を叩《たた》き込んだ。

「ぐおおおおおおおおおおおっ！　のおおおおおおおおおおおおおおお!!」

伊織の魂《たましい》からの叫びが運河に響き渡った。

運河から移動を開始した空太とましろは、古い銀行の建築物が集中する北のウォール街を歩いていた。

付かず離れずの距離を保ち、栞奈も追跡する。さらに後ろからは、ふらふらの足取りで、懲《こ》りずに伊織《いおり》も付いてくる。

「人にやられて嫌《いや》なことは人にしちゃいけないって、習わなかったのか?」

股間《こかん》を押さえながら抗議の視線を向けてくる。

「悪いけど、その痛み、私にはわからないから」

「そうか、だからこそできるんだな……あ～、痛い、まだ痛い。使い物にならなくなったら、責任取ってくれよ」

「なにそれ、私と付き合いたいって意味? やめてよね」

「だ、誰もそんなこと言ってないっての! 俺の子孫が残せなくなったときの話で……あ、でも、それってつまりそういうことか?」

なにやら、途中から独《ひと》り言《ごと》になったので放っておく。

空太《そらた》とましろはというと、道の途中で立ち止まっていた。

やはり、離れているから声は聞こえてこない。だけど、空気がよどんでいるのだけは、はっきりと伝わってきた。険悪《けんあく》とまでは言わないが、ふたりのやり取りにぎこちなさを感じる。

「ケンカでもしたのかな?」

伊織にもわかるくらいだから、意外と深刻《しんこく》なのかもしれない。まさか、こんな光景を見ることになるとは思わなかったので、栞奈《かんな》の心は目の前の事実をすぐに処理することができなかった。胸がむずむずする。

空太とましろが再び歩き出しても、ふたりがまとう空気は変わらなかった。

その後、空太とましろはガラス工房で時間を潰《つぶ》し、オルゴールやキャンドルのお店を見て回っていた。お菓子屋さんでバームクーヘンを食べてもいた。

特に目立った事件があったわけじゃない。あったとすれば、ましろが立ち寄ったお土産屋《みやげや》さんにクロッキー帳を忘れていったことくらいだ。空太もましろも気が付く様子はなかったので、クロッキー帳は栞奈が店員さんから預かっておいた。今も手の中にある。

最後まで、空太とましろはどこかぎこちなかった。何をしていても、どんよりとした重たい雲がふたりの頭上にはある。そんな印象だった。

一体、あれほどに綺麗《きれい》なましろを前にして、空太はどこに不満があるというのだろうか。考えたところでわからない。空太の気持ちがどこに向いているのか、栞奈には理解できなくなっていた。

「お前、すげえな」

「なにが？」

「露出癖《ろしゅつへき》だけじゃ飽き足らず、ストーキングまでするなんてさ。変態《へんたい》として強すぎると俺は思うなあ」

「もう一発、蹴《け》った方がいい？」

「ひっ！」

慌《あわ》てて飛び退《の》く伊織《いおり》は置き去りにして、ホテルの方へと戻っていく空太《そらた》とましろを、栞奈《かんな》もゆっくりと追いかけていった。

6

ホテルのロビーに入った途端《とたん》、空太の怒鳴《どな》り声が聞こえてきた。

「お前がおかしなこと言い出したからだろ！」

空太はロビーのほぼ中央に立っていて、ましろと向き合っていた。ふたりの間は、冷たい緊張感で満たされている。

息を呑《の》むように、周囲は静けさに包まれていた。

空太は自分の苛立《いらだ》ちに気づいたように、

「……違う、怒ってない」

と、小さな声で続けた。けれど、その声音《こわね》には、刺々《とげとげ》しい感情がまだ残っている。

「嘘《うそ》、怒ってる」

だから、ましろだって納得するわけがない。

「なんか不機嫌《ふきげん》だったのは、お前の方だろ」

「服、褒《ほ》めてくれなかった！」

「は？」

「空太のせいよ」

　ましろの叫びが、ロビーに広がった。その声に誰もが足を止め、意識を空太とましろの方へと向ける。その場にいる全員が観客になっていた。舞台の中央にいるふたりから目を逸《そ》らせなくなっている。

「なにあれ、どうしたの？」

「痴話喧嘩《ちわげんか》ってやつ？」

「あれ、椎名《しいな》さんだろ？　付き合ってるのか、あのふたりって」

　ロビーは喧騒《けんそう》にまみれていく。

　一般の旅行客も、突然の出来事に怪訝《けげん》な表情でふたりの様子を窺《うかが》っていた。フロントの女性たちは、止めに入った方がいいか、顔を見合わせて相談している。

「空太なんて、もういい！」

　ましろが空太に帽子を投げつけた。そのまま、エレベーターホールの方へ去っていく。野次《やじ》馬《うま》の中から、ましろのクラスメイトらしき、おさげっぽい髪の女子が出てきて帽子を拾う。その彼女は空太を一瞥《いちべつ》して、ましろを追いかけて行った。

「くそっ！」

空太《そらた》が苛立《いらだ》ちに任《まか》せて床を蹴《け》る。でも、すぐに空太も階段の方へと大股《おおまた》歩きで姿を消した。

ロビーのそこかしこで、ふたりの噂話《うわさばなし》に花が咲いていた。

ざわめきが止まらない。

すると、しばらくして、ロビーに空太が戻ってきた。

階段を駆《か》け下りてきたかと思うと、何か叫びながらホテルを飛び出していく。

考える間もなく、栞奈《かんな》は空太を追いかけていた。

「あ、おい！」

伊織《いおり》の制止の声には耳を傾けなかった。

空太を追って小樽《おたる》の街を一通り回った。だけど、一度見失った空太の姿はなかなか見つけられない。

もう諦《あきら》めるつもりで最初に見に行った運河に足を運ぶ。すると、ガス燈《とう》の下のベンチに空太が座っていた。

ゆっくりと近づいて正面に立つ。でも、下を向いた空太は栞奈に気付かない。

「空太先輩《せんぱい》」

声をかけると、ようやく顔を上げた。

「こんな場所で、偶然だね。栞奈さん」

「偶然、ではないです」

「ん？」

「ホテルのロビーで、空太先輩と椎名《しいな》先輩を見かけたので」

「そっか……ごめん。心配かけたかな」

似合わない苦笑《にがわら》いが空太の表情に浮かぶ。

「いえ、そういうわけじゃなくて……渡したいものが」

少し気後《きおく》れする気持ちを抱《かか》えながらも、栞奈はすっとクロッキー帳を差し出した。

「あっ」

驚いた空太が勢いよく手を伸ばしてくる。

「捜《さが》してたんだよ、これ！」

「だから、届けにきました」

「栞奈さんも捜してくれてたのか、ありがと」

「いえ、それは……」

クロッキー帳から手を離すと、栞奈は視線を宙に泳がせた。

「お昼過ぎから、私たちも小樽《おたる》にいて……それで、偶然、空太先輩と椎名先輩を見かけたので……」

そこまで白状したところで、空太は栞奈の言おうとしていることを理解してくれたらしい。

少し呆《あき》れたように苦々《にがにが》しく笑っている。

「偶然、行く方向が同じで、椎名先輩《しいなせんぱい》がお土産屋《みやげや》さんに忘れ物をしていくのに気づいただけです」

苦しい言い訳なのはわかっている。言わなくてもいいことだったことも理解している。だけど、空太《そらた》を前にしたら、口が滑《すべ》ってしまったのだから仕方がない。なんだろうか。空太には栞奈《かんな》を少しだけ素直《すなお》にさせる力がある。

「ってか、ケータイ鳴らしてくれたら、俺も夜の小樽《おたる》を疾走《しっそう》せずに済んだんだけど」

「私、空太先輩の番号もアドレスも知りません」

自然とふてくされた口調になっていた。

「あ、そうだっけ?」

頭をぽりぽりと掻《か》いている。

「今、交換しとこうか」

空太はそう言いながら、ケータイを取り出した。

「はい」

声がわずかに弾《はず》んでしまう。必死に表情を殺しながら、栞奈は鞄《かばん》の中のケータイを摑《つか》んだ。

そのケータイには昨日空太に買ってもらったストラップがぶら下がっている。

おかげで鞄から手を出せない。変に思われないだろうか。

「忘れてきたとか？」

「ち、違います。その……」

「あ〜、男に番号教えたくないとか？」

「それも違います。空太先輩のことは、平均的な男子より、信用していますから」

そう説明しながら、どうしようか必死に考えたけど、結局、栞奈《かんな》は潔《いさぎよ》くケータイを出すことにした。

「あ、あの……他意はありませんので」

白クマ版のがぶりんちょべあ〜が、ぶら〜んと釣り下がっている。

「早速つけてるんだ」

当然のように気づいた空太が、水を向けてくる。

「い、いけませんか？」

なんでもない態度を装うつもりが、頭で躓《つまず》いてしまった。

「いや、むしろ、よかったよ」

本当に空太はうれしそうにしていた。栞奈が気に入ってくれたことを、喜んでいるのだ。それこそ、他意はなく……。

赤外線を飛ばし合って、番号とアドレスを交換する。

空太の登録名は『神田《かんだ》空太』で送られてきたので、栞奈はそれを『空太先輩』にわざわざ打ち直した。

電話番号とメールアドレスを教えてもらうだけなのに、妙《みょう》に緊張した。心臓がどくんどくんと高鳴っている。だけど、嫌《いや》な緊張じゃなくて、登録された『空太先輩《そらたせんぱい》』の文字を見ていると、体がふわふわしていく。

ケータイから顔を上げると、空太と目が合った。気まずくて即座に目を逸《そ》らす。代わりに、誰も座っていない空太の隣《となり》に目をやった。

「……隣、座ってもいいですか？」

「もちろん」

「失礼します」

ゆっくりと腰《こし》を下ろした。

それから、目の前の運河の水面を見据《みす》える。

「空太先輩」

「ん？」

次の言葉は自然と口から零《こぼ》れ落ちていた。

「その人のことばかりをずっと見ていたら、それは恋ですか？」

「そうなんだろうね」

突然の質問にも、空太に動揺《どうよう》した素振《そぶ》りはなかった。

「その人の声がしたら、その人の姿を捜《さが》してしまうのも恋ですか？」

「そうだと思う」

横目で空太を盗み見る。空太は先ほどまでの栞奈《かんな》のように運河を見据《みす》えていた。だけど、やっぱり自分とは違うと栞奈は思った。空太は運河を見ているけど、意識はどこか別の場所へと向けられているように感じたのだ。

それはきっと、ましろであり、七海《ななみ》なのだ。

だからこそ、栞奈は余計《よけい》なことを考えてしまわないよう、質問の言葉を続けるしかなかった。

「その人のことを、毎晩寝る前に考えてしまうのも？」

「ああ」

静かな声で、空太は頷《うなず》いた。さらに、ゆっくりと立ち上がると、

「きっと、その人とケンカをしても、その人に腹を立てても、その人の顔なんてもう見たくないと思っても、話だってしたくないって感じても、結局、その人のことで頭がいっぱいなら、それは恋なんだよ」

と、続けて栞奈に告《つ》げてきた。

「空太先輩の言う『その人』って、椎名《しいな》先輩のことですか？」

「……」

「青山《あおやま》先輩のことですか？」

「……」

空太《そらた》は答えない。でも、答えてくれない方がよかった。今、何か言われたら、自分がどう反応するか想像できなくて不安だったから。

「私は、嫌《きら》いなものは嫌いです」

空太の返事を待たずに、栞奈《かんな》は自分から話題に幕《まく》を下ろすことにした。

「そっか」

「ケンカした相手を、簡単には許せません。長い間、引き摺《ず》ります。腹を立てて、顔も見たくないと思った相手とは、二度と話だってしません」

「厳しいな」

「私は、私を傷付ける人が嫌いなんです」

「……」

「だから、空太先輩《せんぱい》の話を聞いて、羨《うらや》ましいと思いました」

「羨ましい？」

「ケンカをしても、腹を立てても、好きだと思えるなんてとても素敵です。それって、嫌いなところも、好きってことですよね」

「そうなるのかな」

「少し偽善者《ぎぜんしゃ》っぽいですけど」

「それは、そうかも」

空太の口元に苦笑《にがわら》いが浮かぶ。

「でも、そんな風に、いいところも、悪いところも、空太先輩に好きだと思ってもらえる人は、とても幸せだと思いました」

それは心からの本音だった。残念なのは、その対象に自分がなれないという未来が、もう見えていること……。

これ以上はここにいない方がいい。胸の奥で、もうひとりの自分がそう叫んでいる。その叫び声に栞奈は従うことにした。自分を傷付けるものからは逃げるのだ……。

「じゃあ、戻りますね」

「ホテルまで送ろうか？」

「いえ、大丈夫です。すぐそこですから」

「気を付けてな」

「はい」

立ち上がると、栞奈はぴんと背筋《せすじ》を伸ばした。そうすることで、自分はちゃんとしていられると思いたかったのだと思う。

階段を上って、運河から……空太から離れた。

もう振《ふ》り向いても空太の姿は見えない。

少し夜の小樽《おたる》を歩こうと思い、気持ちごと前に踏み出す。顔を上げて正面を見ると、

「げっ！」

と、ブサイクな反応をする伊織《いおり》と鉢合《はちあ》わせた。

いや、正確には、ガス燈《とう》の陰《かげ》に隠《かく》れていた伊織を発見したと言うべきか……。

「女子風呂《ぶろ》の覗《のぞ》きだけじゃ飽き足らずストーキング？」

呆《あき》れ半分の冷たい声をかける。

「ストーキングはお互い様だろ」

開き直った伊織がガス燈の陰から出てくる。

「どうして、あなたがここにいるの。後学のためというわけではないでしょ？」

「急に飛び出していったのは、そっちだろ」

「別に私のことなんて無視すればいいでしょ」

「そうは言うけど、もう暗いし。一応、心配だろ。なんかあったら寝覚めが悪い」

「あなた、私のこと子供だと思ってるわけ？　あなたの方がよほど子供なのに」

「子供でなくても、女子だろ」

「……」

「な、なんだよ。俺、変なこと言ったか？」

「あなたがまともなことを言うから、とても驚いているの」

「ああ、なるほど、って、おい！」

「大きな声を出さないで。目立ちたくないから」

「今、ノーパンなのか⁉」

なにを勘違《かんちが》いしたのか、伊織が目を丸くする。

「大きな声を出さないでって言ったでしょ」

「お、おう」

「……それと、ちゃんとはいてる。今、脱ぎたい気分だけど」

余計《よけい》なことを口走った。自覚している以上に、やけになっているらしい。

「お、落ち着け、さすがにここで脱ぐのは人として変態《へんたい》すぎるぞ？」

「場所は選ぶ」

一体、伊織を相手に、なんて話をしているんだろうか。

「あのさ」

伊織がガス燈に背中から寄りかかる。顔立ちはいいから、そういうポーズはやけに似合っていた。

「なによ」

「お前って、空太《そらた》先輩《せんぱい》のこと好きなのか？」

「っ⁉」

「……」

「な、なに言ってるのよ、あなた！　ち、違う……空太《そらた》先輩《せんぱい》のことなんて……」

「空太先輩、ちょっと変わってるけど、俺にもやさしいし、いい人だし、わかるな～、その気持ち」

ひとり納得したようで、伊織《いおり》は何度も自分の言葉に頷《うなず》いている。

「……知ってるわよ、そんなこと」

栞奈《かんな》の秘密を知っても色眼鏡《いろめがね》で見ることはなかった。デビュー作の小説が、中学時代の日記で、その屈折《くっせつ》した内容を読んでも、それまでと同じ距離で接してくれている。どちらも、知られたら世界の終わりだと思っていたのに……。それを空太は受け入れてくれたのだ。そんな人は空太しか知らない。

「え？　なんて？」

「あと一年早く生まれてくればよかったって言ったの」

「そうすれば、椎名《しいな》先輩と青山《あおやま》先輩に勝つ自信あったのか？　すげえな」

勝つとか負けるとかではない。せめて試合には参加できたかもしれない。

芽生えはじめた気持ちをどうすることもできず、ただ黙《だま》って摘むしかないのが辛《つら》くて苦しいのだ。後悔すらも残らないことが切ないのだ。空太に気づいてももらえないことが悲しいのだ。

何もできない部外者でしかないことが……。

「そうすれば、あなたにタメロを利《き》かれずに済んだから」

「まあ、そうだな。あと一年あれば少しは育ったかもしれないしな」

伊織の視線は遠慮なく栞奈の胸元に注がれている。

栞奈は無言のまま伊織に近づくと、

「ちょっと、目を閉じてくれる？」

と、上目遣《うわめづか》いで告《つ》げた。

「は？」

「いいから、閉じて」

「な、なにする気だ？」

「いいこと」

「よし、閉じよう！」

伊織が素直《すなお》に両目を閉じる。その直後、栞奈は強烈《きょうれつ》な目潰《めつぶ》しを放った。

「ぐおおおおおおおおおおっ！」

その場にうずくまって、伊織がもだえる。

構わずにきびすを返すと、栞奈はさっさとホテルに向けて歩き出した。

「待て待て、ちょっと待てい！」

復活した伊織が急いで追いかけてくる。

「どうして、お前はそんな酷《ひど》いことができるの？　あ、さては、人の痛みがわからない現代人なんだな？　そうなんだな!?」

「ねえ」

「なんだよ」

「三メートル以内に入らないで」

睨《にら》み付けると目《め》潰《つぶ》しを警戒《けいかい》してか、伊《い》織《おり》はさっと飛び退《の》いた。

それを見てから再び歩き出す。伊織はだいぶ離れて付いてきていた。

少し歩くと、栞奈《かんな》はまた立ち止まった。

「ねえ」

「な、なんだよ」

「三メートル以内に入らないで」

「入ってないだろ！」

「でも、五メートル以上は離れないで」

「……」

「もう夜だし」

てくてくと伊織が距離を詰めてくる。

「これくらい？」

ふたりの距離は約四メートル。

「……」

栞奈は無言で頷《うなず》くと、また歩き出した。伊織も四メートルの距離を保って付いてくる。栞奈よりも大股《おおまた》で、不思議《ふしぎ》とリズミカルな足音。耳に心地《ここち》よくて、聞いているうちに、心の重圧は少しずつ軽くなった気がした。

「なあ？」

声をかけられて立ち止まる。

「なにか用？」

「あの辺ならどうだ？」

伊織が細い路地《ろじ》を指差す。人通りも少なくて明かりも殆《ほとん》どない。

「何の話？」

意図がわからずに聞き返す。

すると、伊織は真顔で、

「パンツ、脱ぐのにさ」

と言ってきた。

呆《あき》れてものも言えない。どうして、伊織はここまでバカなんだろうか。どうやったら、こんな人類が生まれてくるのだろうか。

「なら、待っててくれる？」

栞奈《かんな》はしおらしい声を出した。

「お、おう。脱ぐまで待ってればいいのか？　ちょ、ちょっと緊張するな」

「恥《は》ずかしいから、目、閉じてて」

「暗いから見えないって」

「いいでしょ、お願い」

「お、おう。なんか、お前、今、猛烈《もうれつ》にエロいな！」

興奮した声を出しながらも、伊織《いおり》はぎゅっと目を閉じる。

本当に単純だ。

栞奈はつかつかと伊織に近づいていく。そして、躊躇《ためら》うことなく目潰《めつぶ》しをお見舞いした。

「ぎゃあああああっ！」

悲鳴を上げて無防備《むぼうび》になった伊織の股間《こかん》に、栞奈はさらに膝蹴《ひざげ》りを叩《たた》き込む。

「おぎゃああああああ！」

伊織の絶叫は、北海道《ほっかいどう》の夜空に気持ちいいくらいに響き渡るのだった。

長谷栞奈の不器用な恋愛模様

素直《すなお》になりたい気持ちが大きいほどに……。

素直になれない気持ちは大きく膨《ふく》らんでいく。

かわいげがないのはわかっていても……。

彼の前では素《そ》っ気《け》なく振《ふ》る舞ってしまう。

それをわかってほしいと言うのはあまりにもわがままで。

だから、ますます、私は私を嫌《きら》いになる。

1

「ごめん。俺、好きな子いるんだ」

長谷《はせ》栞奈《かんな》がその声を聞いたのは、中庭の掃除当番を終えて、教室に戻る途中だった。掃除用具を片付け、体育館に続く渡り廊下を通りがかったとき……校長先生が毎朝水を撒《ま》いている植え込みの脇《わき》に、一組の男女の姿を見つけた。五月初旬のあたたかな日の光が、さわやかにふたりを包み込んでいる。

男子の方はもじゃもじゃの頭髪。大きなヘッドフォンを首にかけていた。顔立ちは整っていて、背はすらりと高い。覗《のぞ》き見た横顔には人懐《ひとなつ》っこい愛嬌《あいきょう》があった。

名前は姫宮《ひめみや》伊織《いおり》。栞奈と同じ学生寮《りょう》……さくら荘《そう》に住んでいる水明芸術大学付属高等学《すいめいげいじゅつだいがくふぞくこうとうがっ》校《こう》、通称スイコーに通う三年生だ。

最初は素通《すどお》りをするつもりだった。どう見てもただならぬ雰囲気《ふんいき》を漂《ただよ》わせている男女の事情に首を突っ込む趣味はない。だけど、そこにいるのが伊織だとわかった瞬間《しゅんかん》、栞奈の足は無意識に止まり、渡り廊下の屋根を支える柱の陰《かげ》に、それとなく身を隠《かく》していた。物音を立てないように息を潜《ひそ》める。

伊織と一緒《いっしょ》にいる女子生徒に、栞奈は見覚えがあった。学年はひとつ下の二年生。料理研究部に所属している後輩《こうはい》。名前は日吉美佳子《ひよしみかこ》。面識はないが、クラスの男子が「エプロン姿がたまらない」とか、「彼女、いや、嫁《よめ》にしたい後輩ナンバーワンだろ」とか、騒いでいるのを聞いたことがある。それ以外にも、部活で作った焼き菓子を、伊織に渡しているのを目撃《もくげき》したことがあった。名前を覚えたのは、たぶん、そのときだ。

「あの、それって……」

俯《うつむ》いていた美佳子が、決意のこもった瞳《ひとみ》で顔を上げた。真っ直ぐに伊織を捉《とら》えている。

「私とは付き合えないって意味ですよね？」

胸に重ねた手はかすかに震《ふる》えている。

「ごめん」

伊織が再度謝《あやま》る。

突然の場面に遭遇《そうぐう》してしまった栞奈の胸に、ちくりと痛みが走った。それは、何に対する痛みなのだろうか。

「ひとつ、聞いてもいいですか?」

「ん? なに?」

「姫宮先輩《ひめみやせんぱい》の好きな人って、同じ寮《りょう》に住んでる長谷《はせ》先輩ですか?」

「え?」

予想外の質問だったのか、伊織《いおり》が驚きの声を上げる。栞奈《かんな》も思わず声を出しそうになった。慌《あわ》てて、両手で口を押さえる。心臓はばくばくと脈打っていた。まさか、ここで自分の名前が出るとは、まったく考えていなかった。心が酷《ひど》く動揺《どうよう》している。

「え~っと、なんで知ってるのかな?」

少し困ったように、伊織が聞き返している。その質問の仕方では、美佳子《みかこ》の質問を肯定《こうてい》したのと同じだ。

「一緒《いっしょ》にいるの、よく見かけますし……とても仲が良さそうだったので」

そんな風に周囲から見られていることを、栞奈は知らなかった。

「もう付き合っているんですか?」

さらに美佳子が質問をぶつける。

伊織は照《て》れたように笑いながらも、

「二回告白して、二回とも振《ふ》られてる」

と、大真面目《おおまじめ》に答えていた。

「でも、まだ好きなんですか？」

「うん、好きだね」

栞奈はそのやり取りを、柱の陰《かげ》で縮こまって聞いていた。早く校舎の中に逃げたい気分だったが、下手《へた》に動いてふたりに気づかれるのはまずい。

「そうですか。ありがとうございます。はっきりと言ってくれて」

どういう顔で応じればいいのかわからないらしく、伊織は笑っているような照れているような複雑な表情をしていた。

「ごめん……その、ありがと」

「私、先輩のこと、応援はできませんけど、がんばってください」

強がった笑みを浮かべると、美佳子は小走りで花壇《かだん》のある方へと走り去った。

残された伊織は、頭をぽりぽりと掻《か》いている。想いに応《こた》えられなかったことを、申し訳なく思っているのだろう。

その理由が自分にあるのだと思うと、栞奈は心苦しい気持ちになった。これ以上、感傷的になる前に、さっさとこの場を去った方がいい。覗《のぞ》き見をしていたことがばれたら、話が余計《よけい》にややこしくなってしまう。

そう思い、柱の陰で立ち上がる。その際、表面が凸凹《でこぼこ》したデザインの柱に、ブレザーのポケットを引っ掛《か》けた。

「きゃっ」

下に引っ張られるような力が働いて、驚きの悲鳴が上がる。

ポケットが破《やぶ》れたかもしれないと思ったが、その点は大丈夫だった。

ただし、別の問題が栞奈《かんな》の前には立ちはだかっていた。

視界が少し暗くなる。

不思議《ふしぎ》に思って顔を上げると、疑いの眼差《まなざ》しを栞奈に向けた伊織《いおり》が立っていた。

「お前、こんなところでなにしてるわけ？」

「中庭の掃除が終わって、教室に戻るところだけど？」

平静を装って立ち上がる。でも、伊織の目を見ることはできなかった。覗《のぞ》き見した後ろめたさと、先ほどの「うん、好きだね」という台詞《せりふ》が、ごちゃ混ぜになって栞奈の心を掻《か》き乱していた。

「ふ～ん、そっか」

追及する気はないのか、気にした様子もなく伊織は校舎の中へ入って行く。

こうもあっさり流されると、逆に栞奈の方が気になってしまう。すぐに伊織を追いかけて、その隣《となり》に並んだ。

一階の廊下を真っ直ぐに進む。

「……」

栞奈が隣に来ても、伊織は何も言ってこない。

痺《しび》れを切らし、栞奈の方が先に口を開いた。

「どうして断《ことわ》ったの？」

ストレートに核心《かくしん》を突く。

「ん？」

伊織はわかっていないという顔を栞奈に向けてきた。無邪気《むじゃき》な子供のような表情だ。年齢よりも幼く見える。

「さっきの告白のことを聞いてるの」

「な〜んだ。やっぱり、聞いてたのかよぉ」

恨《うら》めしそうな視線が突き刺さる。でも、それ以上の文句は言ってこない。

「さっきの子。二年の日吉《ひよし》さんでしょ」

「よく、知ってるな」

「……」

名前を覚えた切《き》っ掛けは、口が裂《さ》けても言えない。横目に伊織を盗み見たが、特に理由を聞いてくる気配はなかった。前を向いたままだ。

「もったいないことをしたわね」

余計《よけい》な質問をされる前に、栞奈《かんな》は話を進めた。

「なにが？」

「彼女……誰かさんと違ってかわいいのに」

「そうだな～、かわいいとは思う」

「誰かさんと違って性格もよさそうだし」

「よく部活で作ったお菓子をくれるんだよなあ」

それは伊織《いおり》に好意を寄せていたからだ。

「誰かさんと違って、スタイルもいいし」

「あのおっぱいは、ぜひ一度触らせてほしかった」

服の上からでも、大きいのがわかるほどだ。伊織が気づいていないわけがなかった。

「誰かさんと違って……」

「なに？　今日はなんなの？　いつも以上に面倒《めんど》くさい絡《から》み方してくるな」

「誰かさんと違って、面倒くさくないだろうし」

栞奈の言葉に、伊織は露骨《ろこつ》に嫌《いや》そうな顔をする。今のは本当に自分でも面倒くさい発言をしたと思う。けど、言ってしまったあとで後悔しても仕方がない。それに、この程度のことは、栞奈にとっては日常茶飯事《さはんじ》だ。

「付き合えばいいのに」

「なんで？」

「毎日のように、彼女がほしいって言っているじゃない」

「二日に一度くらいだろ」

真顔でそんなことを言ってくる。

「先月も、二組の女子の告白、断《ことわ》ったでしょ」

「げっ、なんで知ってんの⁉　まさか、そっちも見てたとか？」

「見てないわよ。人を覗《のぞ》き魔《ま》みたいに言わないで。神田《かんだ》さんが教えてくれただけよ」

神田優子《ゆうこ》はさくら荘《そう》で共同生活をしている栞奈のクラスメイトだ。ふたつ年上の先輩《せんぱい》である卒業生……神田空太《そらた》の妹でもある。

「あいつめ～、秘密にするって約束したのに」

「神田さんいわく、私と神田さんの間に、秘密はないらしいわよ。その日あったことを全部寝る前に教えてくれるから」

もちろん、優子が一方的に話をするだけで、栞奈が優子に話していないことは山ほどある。たとえば、自分の素直《すなお》な気持ちだとか、悩んでいることだとか……。

「ま、別にいいんだけどさ」

「あなた、モテるのね」

「なんかトゲのある言い方じゃない？」

「ないわよ、トゲなんて」

「その割りに、顔がこわいんですけど」

「元からこういう顔なの」

伊織《いおり》を置いていくつもりで、少し歩調を早める。けど、背の高い伊織は歩幅《ほはば》も大きいので、あっさり隣《となり》に並ばれてしまった。

「せっかくモテるんだから、いい子見つけて付き合えばいいのに」

「そんなこと言うなら、俺とお付き合いしませんか？」

「嫌《いや》よ」

「あのさ、俺のどこがそんなに嫌？」

「一緒《いっしょ》にいると……」

途中まで言いかけて、栞奈《かんな》は口を噤《つぐ》んだ。

「一緒にいると？」

伊織が期待の眼差《まなざ》しで促《うなが》してくる。

「……私までバカだと思われるから」

呑《の》み込んだ言葉をごまかすために、栞奈はそれらしい嘘《うそ》を吐《つ》いた。

「お前ね、バカって言う方がバカなんだぞ！」

見事にごまかされてくれた伊織は、むきになって反撃《はんげき》をしてきた。

「つまり、お前の方がバカだってことだ、バ～カ」

「つまり、四回も口にしたあなたの方がってことになるわね」

「ん？　あっ！」

伊織はまだ何か言っていたが、栞奈の耳には入っていなかった。

先ほど口にしそうになった本音の続きを心の中で反芻《はんすう》する。

——一緒にいると、自分の性格の悪さが際立《きわだ》つから
それこそが本心だ。

誰に対しても陽気に接する伊織には、周囲を明るくする力がある。かと言って、ただの能天《のうてん》気《き》というわけではない。

音楽を通して、厳しい環境とも向き合ってきた。幼少期からピアノの練習に明け暮れる日々を過ごし、二年前にはその生命線とも言える右手を複雑骨折するという事故を経験した。今まで積み上げてきたものが全部リセットされてしまったも同然の大ケガ。ピアノや音楽を投げ出したとしても、仕方のない出来事《できごと》だった。

それでも、伊織は自分の足で立ち上がり、再びピアノや音楽と向き合っていくことを決心した。そうした芯《しん》の強さの上に、伊織の能天気は成り立っているのだ。

なんでもないことのように伊織は振《ふ》る舞っているが、それは純粋にすごいことだと思う。理《り》

不尽《ふじん》な挫折《ざせつ》を前にしても、伊織《いおり》は少しも歪《ゆが》まなかったのだから。

その経験の分だけ、顔立ちは大人《おとな》っぽくなったと思う。入学当初と比べ、確実に背も伸びた。こうして並んで歩くと、横顔を見るのに随分《ずいぶん》と視線を上げなければならない。

栞奈《かんな》との身長差では、たぶん、背伸びをしてもキスが届かないだろう。今のところ、栞奈がその心配をする必要はないのだが……。

なんとなく、女子の視線が伊織に集まる理由はわかる。

かっこよくて、背が高くて、本格的に音楽をやっている。辛《つら》い経験を乗り越えてなお、屈託《くったく》のない子供のように笑っている。口を開くとバカっぽいが、女子から見れば男子など大体そんなものだ。

それに比べて自分はどうだろうか。

窓ガラスに目を向けると、眼鏡《めがね》をかけた地味な女子生徒が映っていた。髪は重たく、表情にも愛想《あいそう》がない。男子が邪《よこしま》な視線を向けてくるような女の子らしいスタイルをしているわけでもない。伊織からは『絶壁《ぜっぺき》』とさえ言われている。学年が上がるにつれて、少しくらいは大きくなることを期待していたけれど、今年の身体検査でも成長らしい成長は見られなかった。こんな自分に、女子としての魅力があるとはとても思えない。

「……」

そもそも、明るい伊織には、華《はな》やかではきはきした女の子の方がお似合いだ。それこそ、先ほど伊織に好意を伝えていた日吉美佳子《ひよしみかこ》のような……。彼女は、栞奈とは真逆《まぎゃく》の雰囲気《ふんいき》をまとった、実に女の子らしい女の子だった。

「急に黙《だま》るなよ」

廊下のタイルから顔を上げると、伊織の顔が目の前にあった。身を屈《かが》めて栞奈の顔を下から覗《のぞ》き込んできている。その距離は、十センチもない。

体温が急激に上昇するのを栞奈は感じた。顔も真っ赤になっているかもしれない。

緊張を悟《さと》られないように、栞奈は両手で伊織の体を押し返した。

「あんまり近づかないで」

廊下の壁まで離れた伊織は、なにやら鼻をくんくんとさせている。

「なんか、お前、いい匂《にお》いするな」

「や、やめてよ、変なこと言うの」

五時間目は体育でバレーボールをした。当然、汗だってかいている。たぶん、着替えるときに使った制汗スプレーの匂いだと思うが、伊織に指摘されるのはとにかく恥《は》ずかしかった。

「今すぐ息を止めて。そのまま死んで」

「この世に未練がありすぎて、まだ死にたくないんだけど。たとえば、彼女もいたことないし、おっぱいも揉《も》んでない！」

「私は絶対に付き合わないし、触らせないから」

「どうしたら、付き合ってくれる？」

伊織《いおり》が階段に足をかける。三年の教室があるのは三階だ。お互い手ぶらなので、鞄《かばん》を取りに教室へと戻る必要がある。

栞奈《かんな》は少し遅れて階段を上っていく。あの事故以来、栞奈は伊織の前を歩くのは避けるようになっていた。二年前の伊織の骨折事故は、階段から落下した栞奈を伊織が支えてくれたおかげで起きたのだ。ピアノを弾《ひ》くためにある大事な手だったのに……。

「あのさ」

「さっきの質問だったら答えないわよ」

きっぱりと栞奈は切り捨てた。

「いや、そうじゃなくて」

先に踊り場に上がっていた伊織が、肩越しに栞奈を振《ふ》り向く。

「なによ」

「階段上るとき、いつも俺より後ろ歩くのな」

「っ！」

まさか気づかれているとは思わなかった。

「それがなに？」

冷静に言葉を返す。

「もしかして、お前……」

「……」

「俺がパンツ覗《のぞ》くと思ってんの？」

「そうよ」

「見ないよ！」

「どうだか」

「はいてるか、はいてないかは興味あるけど」

真顔で伊織がそんなことを言ってくる。

「ちょ、ちょっと、こんなところで変なこと言わないでくれる？」

じっと伊織を睨《にら》みつける。

「ちなみに、最近そっちの事情はどうなわけ？」

「……やってないわよ」

再び歩き出す。少しばかり個性的なストレス発散方法についての話題は、一刻《いっこく》も早く終わらせたかった。

でも、伊織の視線はスカートの裾《すそ》のあたりに集中している。

「どこ見てるのよ、変態《へんたい》」

「お前、足、太くなった？」

「……」

もはや、完全に伊織《いおり》を無視して、栞奈《かんな》は階段を上がった。今だけは伊織の後ろを歩くというルールを破《やぶ》っても構わない。

でも、伊織はちゃんと隣《となり》についてきた。

無言のまま三階に到着する。普通科の栞奈と音楽科の伊織とでは教室が左右逆方向のため、ここでお別れだ。

正直、栞奈はほっとしていた。

なんというか、伊織とふたりきりでいるところを誰かに見られるのは落ち着かない。どういう風に見られているのか、少し気になっていた。事実、日吉美佳子《ひよしみかこ》はふたりが付き合っているのかもしれないと疑っていたのだし……。今後は気を付けた方がいい。おかしな噂《うわさ》が流れるのは歓迎できない。

そんなことを考えながら立ち去ろうとした栞奈だったが、

「あ、ちょっと、待った」

と、伊織に呼び止められた。

「まだ、なにかあるの?」

「……」

伊織はいつになく真剣な目をしていた。

「早くして」

周囲にはまだ学校に残っている同級生の姿もある。

「俺さ」

「……だから、なに？」

伊織は一度目を閉じて、ゆっくりと深呼吸をした。そのあとで、

「全日本コンクールにエントリーしたから」

と、よく通る声で宣言してきた。

視線が伊織の右手に落ちた。丁度《ちょうど》、手首のあたり。二年前に骨折した大事な腕。

「今年、本選は水明芸術大学《すいめいげいじゅつだいがく》の音楽ホールが会場なんだよ」

伊織がわずかに口籠《くちご》もる。

「それがなに？」

なんとなく続きの言葉は予測できた。それでも、栞奈の心臓は、不思議《ふしぎ》とドキドキしはじめていた。

「見に来てくんない？」

「……どうして、私が行かないといけないのよ」

「来てほしいんだよ」

「だいたい、予選、これからでしょ」

素直《すなお》に「うん」と言えたら、どれだけ楽だろうか。でも、栞奈《かんな》にはそれができない。

「わかんない。一次は突破《とっぱ》できると思うけど、二次の課題曲はまだ練習もはじめてないからなあ」

「本選まで残れるの？」

「なら、予選が終わってから言って」

自分でも本当にかわいくない女だと思う。

「よく考えたら、それもそうだな」

伊織は真面目《まじめ》に、「確かにその通りだ」と頷《うなず》いている。

「じゃあ、予選終わったら、また言うから」

屈託《くったく》のない笑顔で手を振《ふ》ると、伊織は音楽科の教室の方へと歩き出した。何がそんなに楽しいのかはわからないがスキップをしている。

栞奈はその後ろ姿を見ながら、

「私だけ、全然前に進んでない」

と、呟《つぶや》いた。

2

――彼はひとりでどんどん前に進んでいく
さくら荘《そう》のお風呂場《ふろば》の中で、栞奈はひとり焦燥《しょうそう》に駆《か》られていた。ここ最近、ずっと落ち着かない気持ちが胸に居座っている。

伊織から全日本コンクールにエントリーしたことを告げられたのが二週間前。以来、毎日のように、栞奈は同じ言葉を、頭の中で呪《のろ》いのように繰り返している。

――彼はひとりでどんどん前に進んでいく
「なのに、私は……」

湯船の中で俯《うつむ》くと、水面には冴《さ》えない顔が映っていた。

「何も変わってない」

心を開くのは苦手《にがて》なままだ。素直になるのが下手《へた》なままだ。誰に対しても、勝手に壁を作って、自分から距離を取っている。

嫌《きら》いな自分から、一歩も抜け出せていない。一ミリも前に進んでいない。

正直に気持ちを打ち明けたいと思いながらも、本音を傷付けられるのがこわくて、やっぱり正直になれずにいる。クラスで仲良くしている子からカラオケや買い物に誘《さそ》われても、それらしい理由をでっち上げて断《ことわ》ってしまうことが多い。その手の誘いに乗るのは、優子《ゆうこ》が一緒《いっしょ》にいるときだけだ。

「栞奈ちゃんも行くよね」

「あ、でも、私……」

「え〜、行こうよ」

「うん、そうね」

という具合に、優子《ゆうこ》は強引に引っ張ってくれるから……。

「はあ……どうすれば、性格ってよくなるのよ」

天井《てんじょう》に想いを吐露《とろ》する。

残念ながら、天井は栞奈《かんな》の切実な悩みに答えてはくれない。その代わりに、突然お風呂場《ふろば》のドアが外から開いた。

「人生は山あり、谷ありだよ！」

現れたのはさくら荘《そう》で共同生活をしている同級生、神田《かんだ》優子《ゆうこ》だ。

素《す》っ裸《ぱだか》でドアロに立っていた。

女子同士でも裸を見られることに抵抗がある栞奈は、とっさに肩まで湯船に浸《つ》かった。驚きが薄いのは、こういう事態がさくら荘では珍しくないからだ。優子以外にも、お隣《となり》にお住まいの人妻《ひとづま》女子大生が、栞奈の入浴タイミングを狙《ねら》って、週に一度は突撃《とつげき》してくる。

「神田さん、何度も言ってると思うけど、私がお風呂に入っているときは入ってこないでほしいんだけど」

「え〜、なんで!?」

今はじめて聞いたというような驚き方だ。

「もちろん、恥《は》ずかしいから」

湯船の中で縮こまる。

「私と栞奈《かんな》ちゃんの間に、遠慮は無用だよ！」

満面の笑みで優子《ゆうこ》はそんなことを言う。いまいち、会話が噛《か》み合わない。当然、優子にお風呂から出ていく気配はない。

「それに、相談と言えば、やっぱりお風呂で裸の付き合いだよね」

ひとり、うんうんと優子が納得していた。

「相談？」

「そうだんです！」

「……」

「あ、今のは『そうなんです』とかけたんだよ」

わかった上で、栞奈は無反応だったのだが、優子にはそれが伝わらなかったようだ。

「ほら、そうなんです、そうだんです！」

しつこく渾身《こんしん》のギャグを力説してくる。

「ま、それはいっか」

すべったことは記憶から消して、優子は湯船に入ってきた。

眼鏡《めがね》を外《はず》しているのでよく見えないが、優子は手に何か持っている。パンフレットか何かだろうか。

「それは？」

栞奈が目を細めて聞くと、

「これだよ、これ！」

と、手に持っていたものを、栞奈の顔の前に突き出してきた。水明芸術大学《すいめいげいじゅつだいがく》のパンフレットだ。各学部や学科のカリキュラムが一通り載《の》っている。

「どの学部がいいかな～」

ぱらぱらと資料を優子《ゆうこ》がめくる。

「神田《かんだ》さん、志望、まだ出してなかったの？」

わずかに驚きが声に乗る。五月も下旬に差し掛《か》かり、付属推薦《すいせん》の締《し》め切りは明日へと迫っている。まさか、まだ決めていない生徒がいるとは思っていなかった。

「栞奈ちゃんはどこがいいと思う？」

オススメのランチを尋《たず》ねるような気楽さで優子が聞いてきた。一ヵ月以上も前に志望学部を提出している栞奈には、とても真似《まね》のできない芸当だ。

「大事な進路なんだから、神田さんが将来やりたいことを考えて選ぶべきだと思う」

率直《そっちょく》な意見を口にする。そこにはもう呆《あき》れや驚きの感情はない。あるのは、ちょっとした喜びだ。こんな風に優子《ゆうこ》が相談してきてくれることが、栞奈《かんな》は純粋にうれしかった。友達だと思ってもらえているんだと実感できる瞬間《しゅんかん》でもあったから……。

「神田《かんだ》さんは、将来、どうなりたいの？」

「断然、お嫁さんだね！」

とても高校三年生の発言とは思えないが、優子が本気なのは目を見ればわかる。

「相手は誰？」

答えは予想できたけど、栞奈は会話の流れとしてそう質問した。

「お兄ちゃん！」

思った通りの返答だ。

「知らないかもしれないから教えておくけど、空太《そらた》先輩《せんぱい》とは結婚できないのよ。ふたりは兄妹なんだから」

「大丈夫、お兄ちゃんと優子は赤い血で繋《つな》がってるから」

またしても謎《なぞ》の発言が飛び出した。

「だから、そのせいで結婚できないんだって」

「そこをなんとかしてほしいよ！」

優子が両手で肩を掴《つか》んでくる。

「私に言われても……それより、今は進路でしょ？」

大事なパンフレットは、湯船に浸《つ》かってしなしなになっている。それを慌《あわ》てて、優子が拾っていた。でも、もはや手遅れだ。

「栞奈ちゃんは文芸学部だよね」

パンフレットを諦《あきら》めた優子は、栞奈にすり寄ってきたかと思うと、隣《となり》に並んで壁に背中をつけた。

「ええ、そうだけど」

「いいな〜、栞奈ちゃんは〜。将来のこと、全部決まってて」

「別に全部は決まってない」

「え〜、だって、大学は文芸学部で決まりだし、将来はこのまま小説を書いて夢の印税生活でしょ？」

「そう決めてるわけでも、決まってるわけでもない」

「そうなの？」

優子が首を傾《かし》げている。

「スイコーに入学した当初は、大学出て、普通に就職するつもりだったし」

「なんで⁉」

「……私、どうしても小説家になりたいって気持ちがあって、書きはじめたわけじゃないし。先のことは決めてない」

「え～、そんなのもったいないよぉ。栞奈《かんな》ちゃんの小説人気あるのに」

それがまた複雑なのだ。栞奈本人は面白《おもしろ》いつもりで書いているわけではない。売れるつもりで書いているわけでもない。最初からずっとそうだ。

日記の延長のような気持ちではじめて、今もその感覚が残っている。満たされない日々の隙《すき》間《ま》を埋《う》めるように、書き連ねている感じ。退屈な日々が少しでもましになればいいと思いながら、「こうだったらいいのに」という妄想《もうそう》を綴《つづ》っているに過ぎない。

書くのがものすごく楽しいと思ったことはない。単に書くことで何かを発散し続けて来ただけ……。

逆に、小説家としてデビューをしてからは、書かなければならないという状況が、新しいストレスの原因にもなった。何度もやめたいと思いながら、なんとかやって来たに過ぎない。

学費を稼《かせ》ぐという目的がなくなれば、今やめてもいいとさえ思っている。だけど、大学に進学する以上、あと四年間は延命をしなければならないだろう。両親の離婚と再婚を切《き》っ掛《か》けに、正直、親とは折り合いがよくないのだ。特に、新しい父親がいる今の家には、自分の居場所があるとは到底《とうてい》思えなかった。

だから、あと四年だけはがんばろうと思っている。

中途《ちゅうと》半端《はんぱ》な決意だとわかっていながらも……。

色々なことが中途半端だ。小説との向き合い方もそうだし、他人との付き合い方も……。なにより、伊織《いおり》に対する態度も……。

「……」

「栞奈ちゃん？」

黙《だま》った栞奈の顔を優子《ゆうこ》が覗《のぞ》き込んできた。

「ごめん。ぼ～っとしてた」

湯船のお湯をすくって、自分の顔にばしゃっとかけた。

「優子の成績だったら、どこが一番付属推薦《すいせん》取りやすいかな」

真顔で優子は水を吸って膨《ふく》らんだパンフレットを見ている。

考え方はだいぶ打算的だ。

「先生に聞いてみたら？」

「それもそうだね。明日、小春《こはる》先生に相談してみるよ！」

冗談のつもりで言ったのだが、優子は完全に本気にしている。でも、担任の白山《しろやま》小春なら大丈夫な気がした。個性的だったさくら荘《そう》の卒業生を、三年生という大変な時期に何人も受け持ってきたのだから……。そして、栞奈の知る限り、その全員が自分の望んだ進路を歩んでいる。きっと、優子にも的確なアドバイスをしてくれるに違いない。普段の適当な授業を思うと、一抹《いちまつ》の不安が頭を過《よぎ》るのだが……。

「私、のぼせそうだから、先に上がるね」

「うん、相談に乗ってくれてありがと、栞奈《かんな》ちゃん！」

「どういたしまして」

照《て》れくさいので優子《ゆうこ》の顔は見ずに、栞奈はお風呂場《ふろば》を出た。


パジャマに着替え、ドライヤーで髪をしっかりと乾かしてから、栞奈は脱衣所をあとにした。

優子が遅れて出てきたのをドア越しに感じながら、部屋に戻ろうと歩き出す。

途中、玄関の前を通りがかると、ガラガラと扉が開いて伊織《いおり》が帰って来た。

立ち止まった栞奈と目が合う。

「お、パジャマ」

「こっち見ないで」

ぴしゃりと即答する。

「え～、ピアノの練習をがんばってきたんだから、目の保養くらいさせてくれてもいいと思うんだよね、俺はさあ」

伊織が甘えた声を出す。

下駄箱《げたばこ》の上に置かれた時計の針は、午後九時を少し回っていた。

「それ、私には関係ないでしょ」

「へいへい」

靴を脱いだ伊織がくたびれた足取りで部屋に戻っていく。その背中を見ながら、「おかえり」くらいは言えばよかったと少しだけ後悔する。

「あ、おかえり、伊織君」

遅れてお風呂《ふろ》から出てきた優子が、髪を拭《ふ》きながら声をかけていた。

「おう、ただいま～」

まだ何か話している優子と伊織から目を逸《そ》らし、栞奈は自室に戻ろうと階段に足をかけた。

そこで、ダイニングから缶《かん》ビールを持った教師の千石《せんごく》千尋《ひろ》が出てきた。

「あんたは、ほんと難儀《なんぎ》な性格してるわよね」

「なんのことですか？」

「かわいげのない女なんて、人生損《そん》するだけだから気をつけなさいよ」

それだけ言って、千尋は管理人室に入ってしまう。ドアが閉まったところで、栞奈も二階の自室に戻ることにした。

階段の一番近く。手前にある２０１号室が栞奈の部屋だ。隣《となり》の２０２号室は優子の部屋。２０３号室は空き室になっている。

部屋に入った栞奈は、ベッドにうつ伏《ぶ》せに倒れ込んだ。枕《まくら》を両手に抱きかかえて顔を埋《うず》める。

「かわいげって、どこで学べばいいのよ……」

今日まで、誰も栞奈に教えてはくれなかった。

「私だって、なれるものなら、そうなりたい……」

栞奈《かんな》の呟《つぶや》きは、虚《むな》しく部屋に吸い込まれていくだけだった。

3

期末試験の日程が発表された六月の終わり。長かった梅雨《つゆ》が明け、青空にはじりじりと照り付ける夏の太陽があった。

夕刻《ゆうこく》になっても暑さが和《やわ》らぐ気配はなく、栞奈はその日一日を憂鬱《ゆううつ》な気持ちで過ごしていた。少し動くだけで汗をかく。不愉快な天気。雨も嫌《きら》いだけれど、栞奈は晴れの日も好きではなかった。

「はあ……」

学校の帰り道に、不機嫌《ふきげん》なため息がもれる。でも、それは夏の太陽のせいでもなければ、じめじめした空気のせいでもなかった。もっと別のことが今朝からずっと気になっていたのだ。栞奈自身も原因には気づいていて、それがまた苛立《いらだ》ちを増幅《ぞうふく》させる。

「どうして、連絡してこないのよ」

商店街に向かう途中、栞奈は我慢ができずに悪態《あくたい》を吐《つ》いた。言葉の矛先《ほこさき》を向けるべき人物は、残念ながら側にいない。今、栞奈はひとりだし、その相手は今日学校にも登校してはいなかった。

伊織《いおり》は全日本コンクールの一次予選に行っている。

ケータイで時間を確認した。午後四時。演奏は終わって、結果が出ているはずの時刻。それなのに、メールの一通も送られてきていない。それこそが、栞奈の苛立ちの理由だ。

無言を貫《つらぬ》くケータイをじっと見つめる。バックライトが消えて真っ暗になったディスプレイには、無愛想《ぶあいそう》な自分の顔が映っていた。

「……こんなに気にしてバカみたい」

そう口にして冷静さを取り戻す。

丁度《ちょうど》、赤信号に捕《つか》まったところで、ケータイに着信があった。

体がびくっと反応する。

決定ボタンを押す指は、かすかに震《ふる》えた。

――ハイタッチとパイタッチって紙一重だと思わない？

てっきりコンクールの結果かと思っていたのに、読んでみるとそんな文面だった。差出人は、もちろん伊織だ。

続けてもう一通送られてくる。

――俺は断然パイタッチ派だけどね！

一度「死んで」と文字を打った。でも、結局、送信するのはやめて、栞奈《かんな》は無視を決め込むことにした。

十秒ほど経《た》って、さらにもう一通メールが送られてくる。

一応、内容の確認はした。

——あ、ついでだけど、一次予選は通過した
それを目にした瞬間《しゅんかん》、栞奈の体から一気に力が抜けた。刺々《とげとげ》しい感情も、先端《せんたん》から丸くなっていく。

ほっとしたのだ。

「おめでとう」とだけ打って、しばし考え込む。

返信はこれでいいだろうか。味気ないような気もする。逆に、二次、本選と続いていくことを考えると、「おめでとう」を言うのは早いような気もした。伊織《いおり》が目標に掲《かか》げているのは、本選においての入賞なのだから。

文字を消して打ち直す。今度は「そう、よかったわね」と綴《つづ》った。

「……」

妙《みょう》に素《そ》っ気《け》ない。もっとこの場に相応《ふさわ》しい返信メールがあるのではないかと思い、栞奈は書いては消して、書いては消してを何度も繰り返した。

そうしているうちに、五分、十分と過ぎていく。信号は赤から青に変わり、また赤になって

青になった。

時間が経過していくにつれて、今さら返事を送っても仕方がないような気がしてくる。

そんなことを考えていると、今度は電話が鳴った。

ディスプレイに表示された名前は姫宮《ひめみや》伊織。

一瞬《いっしゅん》、居留守を使おうかと考えた。でも、それではなんだか負けのような気がした。

通話ボタンに指をかける。

「なに？」

「メール、見た？」

「セクハラで訴《うった》えられたいの？」

「一次予選、通過した」

「……」

とっさに言葉が出ずに栞奈は黙《だま》ってしまう。

「あれ？　切れた？」

「……繋《つな》がってる」

「一次予選通過したんだって」

「それなら、さっきメールで見た。わざわざ電話してこなくてもわかってる」

本当はこんなことを言いたいわけではない。なのに、口を開けばこうなる。

「それだけですか？」

　残念そうな声が返ってきた。

「私にどうしてほしいの？」

「褒《ほ》めてほしいに決まってるじゃん」

「子供みたいなこと言わないで。恥《は》ずかしくない？」

「全然」

「あなたに普通の感性を期待した私がバカだった」

「あのさ〜、普通はさ〜、がんばったことに対してさ〜、好きな人からご褒美《ほうび》がほしいものじゃない？」

「それはあなた個人の感性の問題でしょ」

「『お祝いにキスしてあげる』とかないの？」

「ないわ」

「ほっぺたに軽くでもいいからさ〜」

「するわけない」

「せめて『おめでとう』くらい言ってくれてもいいよね？」

「だったら、そういうことができるかわいげのある女子を好きになればいいのよ。私、夕飯の買い出しがあるから切るわね」

返事は待たずに、ぶちっと電話を切る。

「はあ……」

またやってしまった。早速、後悔の波が押し寄せてくる。どうして、あそこまで誘導されておきながら、「おめでとう」の一言《ひとこと》すら出てこないのだろうか。素直《すなお》じゃないにもほどがあるというものだ。

「ため息なんて、どうしたの？」

その声は、殆《ほとん》ど耳元で聞こえた。

「っ！」

驚きながら慌《あわ》てて振《ふ》り向く。

「あ……」

ひとりの女性が赤信号で立ち止まっていた。肩には大きなトートバッグ。薄《うっす》らとメイクをして、膝下《ひざした》までのパンツに、白のブラウスを合わせている。中は涼しげな青と白のグラデーションがかかったキャミソールだ。

「青山先輩《あおやませんぱい》」

「久しぶり」

七海《ななみ》が小さく片手を上げる。

「長谷《はせ》さんも買い出し？」

学校からさくら荘《そう》へ真っ直ぐ帰るのであれば、駅へと続くこの道は通らない。

「私も商店街に行くから、一緒《いっしょ》にいい？」

「はい、もちろん」

信号が青に変わるのを待って、ふたりで歩き出す。七海《ななみ》の足元からは、かつかつとリズミカルな音が響いた。かかとの少し上がったサンダルを履《は》いている。記憶よりも背が高く感じたのはそのせいだ。

横顔は大人《おとな》びて見えた。スイコーの卒業間近にばっさりと短くした髪は、肩にかかるくらいまで伸びている。

「ああ、これ？」

栞奈《かんな》の視線に気づいた七海が毛先に指で触れる。

「やっぱり、変かな？」

「いえ、先輩《せんぱい》がスイコーを卒業して一年以上も経《た》ったから当たり前なんですけど、すごく大人っぽくて驚いたというか……」

上手《うま》く感情が言葉にならず、栞奈は最後に「すいません」と付け足した。

「ううん、ありがと。昨日、三ヵ月ぶりくらいに神田《かんだ》君と学食でばったり会ったんだけど、同じこと言われた」

そのときのやり取りを思い出したのか、七海が笑っている。今では、空太《そらた》も七海も水明芸術《すいめいげいじゅつ》大学《だいがく》に通う大学生だ。

七海の方は、意外とさくら荘の近くに住んでいる。十分ほど歩いたところにあるアパートだ。スイコーを卒業したあと、さくら荘を出た空太は、大学の近くに古い一軒家を借りて、同じくさくら荘の住人だった赤坂龍之介《あかさかりゅうのすけ》と一緒《いっしょ》に暮らしている。場所は、さくら荘から見て、大学の敷地《しきち》の反対側。栞奈の足だと歩いて三十分くらいかかるかもしれない。そのせいか、同じ街に暮らしていても、偶然出会うことは殆《ほとん》どなかった。

「空太先輩は元気ですか？」

前回、栞奈が顔を合わせたのは三、四ヵ月ほど前だろうか。小説の打ち合わせの帰りに、駅で遭遇《そうぐう》したのだ。空太の方は、ゲーム制作の打ち合わせに出かけていた帰りだったらしい。

「先月あたりから、ゲーム会社の立ち上げ準備をはじめたらしくて、すごく忙しそうにしてたよ。学食でお昼を食べてるときも、起業に関する本をずっと開いてたし」

「大変そうですね」

会社を作るということがどういうことなのか、栞奈にはぴんとこない。作ったことも、作ろうと思ったこともないのだ。学校でも、授業ではまったく習わない。

「だけど、辛《つら》そうな感じは全然なくて、すごい生き生きしてたかな」

「そうですか」

やりたいことをやれているという充実感がそうさせるのだろう。

「さくら荘《そう》の様子は最近どう？」

「千尋《ちひろ》先生は相変わらずです。毎日ビールばかり飲んで……神田《かんだ》さんは、進路を文芸学部に決めました」

「え？　そうなの？」

結局、「栞奈《かんな》ちゃんと一緒《いっしょ》がいいなあ」という理由で進路を決めたのだ。

「付属推薦《すいせん》が取れるかどうかはわかりませんが」

担任の白山小春《しろやまこはる》との面談では、確実ではないけど可能性は高いというお墨付《すみつ》きをもらっているらしい。毎回、中間、期末のたびに栞奈が勉強を見ているためか、優子《ゆうこ》は試験の点数だけは高いのだ。二年の三学期には、上位五十名まで廊下に貼《は》り出される順位表にぎりぎり名前を載《の》せて、クラスメイトたちに驚かれていた。

「大学、一緒だったらいいね」

「……そうですね」

栞奈にとって、優子は唯一と言っていい友達だ。七海《ななみ》の言うように、大学も一緒だったらいいと思う。優子がいなければ、またひとりぼっちになってしまう。

「伊織《いおり》君はどう？　元気？」

「……バカなままです」

抑《おさ》えたつもりだったが、栞奈の口調にはトゲがあった。

「何かあったの？」

怪訝《けげん》な様子で七海が質問してくる。

「何もないです」

普通にしようと意識したら、今度はふてくされたような態度になってしまった。

「そっか」

七海はおかしそうに微笑《ほほえ》んでいる。

そんな話をしているうちに、目的の商店街に到着した。入り口のアーチをくぐる。

「あ」

少し進んだところで、七海が何かに気づいたように声を出した。

理由はすぐにわかった。魚屋さんの前に立っているひとりの女性に、栞奈も目を引き付けられていたから……。

白い素肌。腰《こし》くらいまで伸びた長いさらさらの髪。清楚《せいそ》な佇《たたず》まいとは裏腹《うらはら》に、不思議《ふしぎ》と強烈《きょうれつ》な存在感を放っている。

彼女もまたさくら荘の元住人だ。七海と同級生の椎名《しいな》ましろ。今はさくら荘から歩いて五分くらいの場所にあるマンションに、留学生のリタ・エインズワースと一緒《いっしょ》に暮らしている。

スイコーを卒業したあと、ましろは大学へは進学せずに、仕事に専念する道を選んだ。

その職業は漫画家《まんが》。月刊の少女漫画誌に連載《れんさい》を持っている。昨年度の三月には大きな漫画の賞を受賞し、今や雑誌の看板《かんばん》を背負う存在だ。TVドラマ化が先月発表されている。

そのましろは、買い物用のバスケットを両手で前に下げ、店先に並んだ売り物の魚を無表情で眺《なが》めていた。

アジやイワシ、サバもあれば、立派なカツオもいる。

七海《ななみ》の足は、自然とましろのもとへ向かった。

「ましろ」

声をかけながら七海がましろの隣《となり》に並ぶ。栞奈《かんな》は少し後ろに立っていた。

「あ、七海……栞奈も」

挨拶《あいさつ》の代わりに、栞奈はぺこりとお辞儀を返した。

「買い物？」

自然な様子で七海が話しかける。

「うん」

「何を買うの？」

「魚よ」

「どの魚？」

「どれがいい？」

質問はしつつも、ましろの目は明らかに大物のカツオを狙《ねら》っている。

「リタさんとふたりきりだと食べきれないんじゃない？」

「そうね。リタが大きい魚は残るからダメって言ってた」

「でしょ」

普通に会話を続けるふたりを前にして、栞奈はひとり緊張していた。このふたりの関係は少々複雑なのだ。さくら荘《そう》に住んでいた同級生同士というだけではない。優子《ゆうこ》の兄である神田空《かんだそら》太《た》をお互い好きになり、同じ時期に告白をした言わば恋のライバル同士。しかも、七海は振《ふ》られて、ましろは空太と付き合い出したという経緯《けいい》がある。

その後、すれ違いを理由にましろは空太と別れることになってしまったが、その当時のわだかまりが完全に消えているとは思えなかった。少なくとも、栞奈が当事者であれば、絶対に後々までずるずると引き摺《ず》っただろう……。

「今日はアジにするわ」

「それがいいと思う」

栞奈の心配をよそに、ふたりは平然としている。無理をしている様子はない。あくまで自然体で、妙《みょう》な遠慮はまったく感じられなかった。仲のいい友人同士。

「……」

「どうしたの？」

じっと見ていることに気づいたのか、七海《ななみ》が栞奈《かんな》に話しかけてくる。ましろはお店の奥で、会計を済ませている真っ最中だ。

「いえ、なんでも」

「ましろのことでしょ？」

「……はい、そうです」

観念して栞奈は白状した。

「最初は色々意識して、考えて、どう接すればいいか悩んだ時期もあったよ」

七海の眼差《まなざ》しはやさしい。財布《さいふ》からお金を出すましろの背中を見ていた。

「でも、時間……なのかな？　少しずつ考える回数が減って、そのことを思い出す間隔が長くなって……この前、何ヵ月かぶりにこんな風に商店街でましろとばったり会ったんだけど、そうしたら、もう懐《なつ》かしい気持ちの方が強くなってることに気づいたの」

「懐かしい……」

栞奈にはよくわからない。

「とにかく、大丈夫だから。長谷《はせ》さんは気にしなくていいよ」

「青山先輩《あおやませんぱい》は強いですね」

「そんなこと、ないない。神田《かんだ》君の前だと、まだ身構えるしね」

自嘲《じちょう》気味《ぎみ》に七海が笑みを作る。

その背後から、突然、影が覆《おお》いかぶさってきた。

「ななみん、はっけ〜ん！」

「きゃあああ！」

七海の驚きが悲鳴となる。その背中に、声と共に飛びついたのは、さくら荘《そう》のお隣《となり》にお住まいの人妻《ひとづま》女子大生、三鷹《みたか》美咲《さき》だ。

「むっ！　ノーパンに、ましろんもいる！　さては、秘密の会合だな！　なんで、あたしを呼ばない！」

「い、いいから、降りてください！」

強制的に美咲をおんぶするはめになった七海が暴れている。

だが、それで離れる美咲ではない。がっちり首に両手を回してしがみ付いている。ドサクサに紛《まぎ》れて、胸を触ったりしていた。

「きゃっ、ちょ、先輩、胸、触らないで！」

「むっ！　ななみん、また成長したな！」

「してません！」

「それはそれとして、どういうこと!?　どういうことだ!!　なんで、みんなが集まっているんだ〜！」

「偶然、買い出しの時間が重なっただけなんです。会合ではないです」

苦しそうな七海《ななみ》に代わって栞奈《かんな》が答えた。

「ノーパン！　それを運命と言うんだぞ！　赤い糸で繋《つな》がっているんだぞ！　よし、こうなったら今日は記念に鍋《なべ》パーティーをしよう！　そうしよう!!」

しゅたっと、効果音を口にして、美咲《みさき》が七海の背中から下りる。七海は息も絶え絶えだ。

「あ～、もしもし、りったん?」

美咲はすかさずケータイで連絡をしている。

「今日！　鍋！　マイハウス！　六時！　オッケー!?」

伝言はなぜか片言だ。

「あ、おっちゃん！　この辺の魚を全部もらおうか！」

ケータイを耳に当てたまま、店の奥に向かってとんでもないことを叫んでいる。

「全部はいりません！」

復活した七海が必死に止めに入る。

「あ、美咲」

今さらのようにましろは気づいたようだ。

「ましろん、今日は鍋だ！」

「わかったわ」

そして、あっさりと受け入れている。

「はいこれ、ノーパン！」

「え？　あ、はい」

呆然《ぼうぜん》と立ち尽《つ》くしていた栞奈は、立派なブリを持たされてしまう。

抵抗する術《すべ》はない。宇宙人の猛攻《もうこう》を前に、無力な地球人たちは、薙《な》ぎ払われていくしかないのだった……。


それから二時間後。

午後六時半。

さくら荘《そう》の隣《となり》の敷地《しきち》に門を構えた三鷹邸《みたかてい》の広いダイニングには、六名の女子と二匹の猫が集まっていた。美咲、ましろ、七海、リタ、栞奈、優子《ゆうこ》……それと、茶トラのつばさに、コゲ茶トラのこまちだ。

六人の女子がテーブルをぐるりと囲んでいる。中心にあるのは鍋だ。ぐつぐつと煮立っている。足元では、つばさとこまちがカリカリを食べていた。

「あれ～、そう言えば、いおりんは？」

「今日、コンクールの一次予選に出ていて……」

「通過したのか！」

長ネギをタクトのように振《ふ》りながら美咲が声を被《かぶ》せてくる。

「無事通過しました」

律儀《りちぎ》に栞奈《かんな》は答えておいた。

「なら、今日は『いおりん、おめでとう鍋《なべ》パーティー』だね！」

「伊織《いおり》、いないわ」

ましろが左右を確認する。

「コンクールの会場が、実家の近くらしいので、今日は泊まるそうです」

「あ〜、そうなんだ〜。だったら、仕方ない」

「残念ね」

「これはこれでいいではないですか。今日は、女子だけということで……私、一度女子会というものをやってみたかったんです」

ぱんっとリタが手を叩《たた》く。その胸元では、イルカの形をしたアクセサリーがきらりと光っていた。

「あ、これですか？」

栞奈の視線に気づいたリタは、銀のイルカを綺麗《きれい》な指で持ち上げてみんなに見せる。

「よくぞ、聞いてくれました」

まだ何も尋《たず》ねてはいないのだが、リタは上機嫌《じょうきげん》に話を続けた。

「先月、私の誕生日に龍之介《りゅうのすけ》と水族館でデートして、プレゼントしてもらったんです」

笑顔がきらきらと輝いている。

「え～、いいな～。優子《ゆうこ》も誕生日にはお兄ちゃんに何か買ってもらおう！」

もぐもぐと優子は口いっぱいに鍋の具を頬張《ほおば》っている。

「りったん、ドラゴンと上手《うま》く行ってるんだ～」

「はい、ラブラブですよ」

「この前、私が学食で赤坂《あかさか》君から聞いた話とだいぶ違うような……。赤坂君、最後のお願いだからと言われて、無理やり連れていかれたって言ってたけど？　プレゼントも買ってくれないとここで抱きつくと脅《おど》されたって……」

「龍之介は恥ずかしがり屋さんなんですよ」

「あの……おふたりはお付き合いしているんですか？」

その点をはっきりさせておかないと会話に参加しづらい。何か間違った発言をしてしまいそうだ。

「龍之介がなかなかオッケーをしてくれなくて困ってます」

さっきまでの明るい表情が嘘《うそ》のように、リタはしゅんとする。普段は滅多《めった》に見せない顔だ。

「美咲《みさき》はいいですよね。もう名字も変わってて」

はあ、とリタが色っぽい吐息《といき》をもらす。

「う～ん、でも、やっぱり毎日会えないのは寂《さび》しいよ？」

ネガティブな言葉とは裏腹《うらはら》に、美咲《みさき》の表情や口調には一切《いっさい》陰《かげ》りがない。太陽のように輝いている。幸せいっぱいだからできる顔なのだと栞奈《かんな》は思った。

「ななみんは、最近どうなんだ！」

「え!? 私？」

完全に油断していたらしい七海《ななみ》は、鍋《なべ》の中をお玉で熱心に漁《あさ》っている最中だった。マロニーばかりを器に盛っている。

「浮いた話はないんですか？」

リタがすかさず追い討《う》ちをかけた。

「ないない」

七海は手をばたばたとさせて、あっさり否定する。

「え〜、つまらん！」

男らしく感想を告《つ》げたのは美咲だ。

「つまらなくていいんです。今は大学とバイトと養成所で、それどころじゃないし」

「じゃあ、ましろさんは？ 新しい恋を見つけた？」

優子《ゆうこ》が身を乗り出す。

「わたしは……」

「うんうん」

「漫画《まんが》を描いてる」

流れを無視した発言が飛び出した。

「そんな話はしてないよ！」

「漫画を描いてるわ」

「だから、違うって！」

「漫画を描いてるの」

「さすがだよ、ましろさん。漫画家の鑑《かがみ》だよ……あ、これにサインください！」

会話を諦《あきら》めた優子は、背中から色紙を出してましろに渡している。文句も言わずに受け取ったましろは、さらさらとアルファベットのサインを綴《つづ》っていた。

「絵も描いてください」

優子の図々しい注文にもましろは頷《うなず》くだけだ。どのキャラクターで、どんな表情がいいかまで、細かいオーダーに応《こた》えている。その指が描き出す世界は、何度見てもすごいと思う。考えたり、迷ったり、止まったりすることなく、絵は完成を迎えるのだ。

「栞奈《かんな》はどうなんですか？」

突然、リタに声をかけられて、栞奈は肩でぴくりと驚いた。ましろの絵に見惚《みと》れていたのに、急に現実に戻された。

「私は別に……」

「ちょっとは伊織《いおり》と進展ありました?」

「どうして、あのバカの名前がここで出てくるんですか?」

冷静に言葉を返したはずなのに、リタ、七海《ななみ》、美咲《みさき》、それにましろまで、一度は栞奈《かんな》を見て、その後、お互いに顔を見合わせていた。仕方がないというような空気が流れる。それは栞奈にとっては歓迎したくない空気だ。少し生温かい雰囲気《ふんいき》になっている。

「まあ、伊織は少しというか、とてもおバカさんですからね」

悪戯《いたずら》っぽい笑みを浮かべながら、リタがそんなことを言い出す。なんだか落ち着かない。これは絶対に何かを企《たくら》んでいる顔だ。

「そうですね」

警戒《けいかい》しながら、栞奈は小さく頷《うなず》く。易々《やすやす》とリタに翻弄《ほんろう》されるつもりはない。

「付き合うなんて考えられないですよね」

「……」

「女性の胸にばかり興味津々《しんしん》ですし」

美咲と七海がうんうんと頷く。ましろはじっと栞奈を見ているだけだ。でも、それがまた一段と栞奈に揺《ゆ》さぶりをかけてくる。透明《とうめい》な瞳《ひとみ》を向けられると、全部見透《みす》かされているような気分になるのだ。

「せめて、もう少し大人《おとな》になってもらわないと、一緒《いっしょ》にいて恥ずかしいですもんね」

念を押すようなリタの口調。露骨《ろこつ》に挑発《ちょうはつ》的だ。栞奈を誘《さそ》ってきているのがわかる。

「栞奈にはもっと相応《ふさわ》しい男の子がいますよね。ごめんなさい」

これは罠《わな》だ。絶対にそうだ。それがわかっていながら、栞奈は伊織のことを悪く言われて我《が》慢《まん》ができなくなっていた。

「別に……」

俯《うつむ》いたままぽつりと呟《つぶや》く。

「はい？」

リタはとぼけた顔をしていた。相手を翻弄することに関しては、一枚も二枚も上手《うわて》だ。栞奈が太刀《たち》打《う》ちできる相手ではない。

「別にそんなに子供でもないです」

感情を一度声に出すと、そのあとは止まらなくなった。

「ちゃんと……先のことも考えてます。進路だって、早々にメディア学部でサウンドを専攻するって決めてましたし、空太《そらた》先輩《せんぱい》と赤坂《あかさか》先輩と一緒《いっしょ》にゲーム制作も続けています。今は、コンクールの練習を優先しているので実質お休みをもらっている形ですけど、頻繁《ひんぱん》に先輩たちの家に行って作業をしていました。ああいう性格だから、その……よく誤解されますけど、考えるべきことはきちんと考えていて……同級生の他の男子よりずっと大人《おとな》なんです」

言い終えてから顔を上げると、リタと美咲がにんまりと笑っていた。七海も我慢ができないと言った感じで笑みを零《こぼ》している。相変わらず、ましろはじっと見ているだけだ。

「それはあたしたちも知ってるぞ、ノーパン」

「そうですね」

リタが同意する。

「あの骨折から立ち直るくらいだもんね」

そう続けた七海《ななみ》に、ましろは深く頷《うなず》いていた。

「そんな伊織《いおり》に想われ続けているのに、どうして栞奈《かんな》は付き合わないんですか？」

「それは……」

「私、お似合いだと思う」

七海の発言にびくっと栞奈の体は反応した。

「そんなことないです……」

反射的に否定的な言葉が出る。

「もっと明るくて、素直《すなお》な女の子の方が、絶対にいいと思います」

言ってしまったあとで、栞奈ははっとなった。裏《うら》を返せば、自分の性格ではダメだと言ったようなものだ。だが、今さら気づいたところでもう遅い。

「と、とにかく、私じゃダメなんです！」

集まった視線から逃《のが》れるために発した言葉もまた、隠《かく》しておきたかった本心だった。

「……」

一瞬《いっしゅん》の沈黙《ちんもく》が生まれる。

直後、口を開いたのはましろだった。

「栞奈《かんな》は伊織《いおり》が好きなのね」

ましろのか弱い外見からは想像できない、剝《む》き出しの剛速球《ごうそっきゅう》が飛んできた。

「ち、違います！」

慌《あわ》てて否定する。

「でも、今の話だと、付き合わない理由が栞奈自身にしかありませんでしたよね？　伊織に対して不満はないようですし」

「そ、それは……」

「栞奈ちゃん、付き合っちゃえばいいのに」

優子《ゆうこ》がもっともなことを言う。

「ダメ……」

首をぶんぶんと左右に振《ふ》って栞奈は返事をした。

「どうして？」

「だ、だって……何度も振って、嫌《きら》いって言ってるのに……今さら、す、好きだなんて言えない……」

まるで子供のような言い草だ。

全員からの集中砲火《ほうか》を浴びて、ひとかけらの余裕も残っていなかった。発言を訂正するだけの冷静さも失われている。

「も、もうこの話は終わりにしてください」

それを言うので精一杯《せいいっぱい》だった。

「でしたら、とっておきの言葉を私が教えてあげます」

リタが席を立つ。わざわざ栞奈の隣《となり》に移動してくると、満面の笑みを浮かべて顔を寄せてきた。そして、栞奈にある言葉を耳打ちしたのだった。

4

──全日本コンクールで入賞できたら付き合ってあげる

それが、リタの教えてくれたとっておきの言葉。

ストレートに気持ちを伝えるよりは、確かに言いやすい気はする。

リタが言うには、

「伊織の気持ちに根負《こんま》けして仕方なく……という空気を出すことで、その後の主導権も握《にぎ》れて一石二鳥《いっせきにちょう》ですよ」

という効果もあるらしい。

けれど、この発言はさすがに上から目線すぎるのではないだろうか。

性格が悪いと思われ、嫌《きら》われたりはしないだろうか。

そんな心配が頭を過《よぎ》る
それに、美人で華やかなリタが口にする分にはとても似合うのだろうが、地味な自分に釣《つ》り合った言葉とは思えなかった。

とは言え、足踏みばかりをしていても前には進めない。

翌週月曜日の朝、学校に行く前に洗面所の鏡の前に立った栞奈《かんな》は、とりあえず、練習をしてみることにした。

「入賞できたら……っ、付き合ってあげる……」

恥《は》ずかしさに負けて、最後まで鏡を直視できなかった。

「こんなの無理……」

横目に映した自分の顔は真っ赤に染まっていた。耳や首まで赤い。

「何が無理なんだ?」

「きゃあっ!」

洗面所の入り口に、伊織《いおり》が立っている。「ふあ〜」と大きなあくびをしていた。

「き、聞いてたの?」

「はあ？　なんかわからんけど、無理なのはわかった」

「聞いたの、そこだけ？」

「そうだけど？」

「本当に？」

「……なに、お前、朝っぱらから、とんでもなくすごいこと言ってたの!?」

「言ってない」

安心した栞奈は、軽く伊織の足を踏もうとして……でも、ピアノの演奏に支障が出るといけないと思い、何もせずに脇《わき》を通り過ぎて洗面所を出た。

その足で、玄関に置いておいた鞄《かばん》を持って、学校に行くことにした。

登校中は極力何も考えないようにして歩いた。鍋《なべ》パーティーのことや、洗面所のことを思い出すと、それだけで顔が熱くなる。

周囲からおかしく思われないよう、平静であろうと努めた。

歩いて十分程度の通学路。緩《ゆる》やかな坂を下り、コンビニの前を通り、児童公園を横目に眺《なが》める。信号を渡って、さらに進むと駅の方から登校してきた生徒たちの流れとぶつかる。その先はもう校門だ。

他の生徒たちと同様に、栞奈も昇降口を真っ直ぐに目指した。

いつもと同じ朝。だから、何の心の準備もしていなかった。

異変は下駄箱《げたばこ》を開けたときに訪れた。

「……」

一瞬《いっしゅん》、何が起きたのかわからなかった。

あるはずの上履《うわば》きがない。ただ、その事実を理解する。

瞬《まばた》きを数回。

その間に、栞奈《かんな》はここ最近ずっと学校で感じている嫌《いや》な視線のことを思い出していた。もしかしたら、こんな日が来るかもしれないと一度は想像もしている。

それでも、開ける下駄箱を間違えたのかもしれないと疑いを持った。とは言え、一学期も終わりに近づいたこの時期に、そんなミスをするわけがない。

間違いなくここが、四月から栞奈が使っている下駄箱なのだ。

「……」

視線を感じて、廊下の方に目を向ける。昇降口から上がったすぐのところにある大きな柱。その陰《かげ》に、女子生徒の小さな集団が見えた。二年生。見覚えがあるのは、伊織《いおり》にアプローチをかけていた日吉美佳子《ひよしみかこ》と一緒《いっしょ》にいるのを、以前に何度も見ているからだ。美佳子自身の姿はない。

「そういうこと……」

恐らく、自称お友達のクラスメイトたちが、伊織に振《ふ》られた美佳子のためにやったことなのだろう。「振られてかわいそう」とか、「姫宮先輩《ひめみやせんぱい》とよく一緒にいるあの地味な女なんなの」とか、「なんかウザいよね」とか、「むかつく」とか……ネガティブな連帯感で結束する感じ。

女子同士の友人関係で一番面倒《めんどう》くさい部類の話だ。

しかも、本人たちは友情を武器に正しいことをしているつもりでいるから性質《たち》が悪い。

栞奈が見ていることに気づくと、何事もなかったかのように、二年生たちはその場を離れて行った。くすくすという笑い声が遠ざかる。

立ち尽《つ》くしていても仕方がないので、脱いだ靴を下駄箱に入れる。

そのとき、後ろから声をかけられた。

「どうかしたのか？」

肩越しに覗《のぞ》き込んできたのは伊織だ。栞奈の方が先にさくら荘《そう》を出たはずなのに、もう追いつかれてしまったらしい。

中身を見られたくなくて、栞奈は慌《あわ》てて下駄箱を閉じた。ばんっと大きな音が響く。

「うおっ！　びっくりした～……俺、何かまずいこと言った？」

どうやら、怒っていると勘違《かんちが》いしたようだ。

「別に」

「そうは見えないんだけど」

伊織《いおり》の目は、いつの間にか栞奈《かんな》の足元を見ていた。

「お前でも忘れ物ってするんだな」

「当たり前でしょ」

「ふ～ん」

信じたのか、信じていないのか、表情からは読み取れない。

「じゃあ、おんぶの出番だな」

栞奈の前に、伊織がしゃがみ込む。

「何の冗談？」

「だって、靴下汚れるじゃん」

「そんなの洗えばいい」

栞奈は伊織の横を通り過ぎた。

「なんだよ～、合法的に密着できるチャンスだったのに……」

冗談かと思っていたが、どうやら本気だったらしい。ガックリと肩を落としながら、伊織がついてくる。

昇降口の隣《となり》に設《もう》けられた来賓《らいひん》用の入り口で、栞奈はスリッパを借りた。

「あのさ」

「なによ」

「抱っこだったらさせてくれた？」

「……」

今は何もかもが鬱陶《うっとう》しい。栞奈は伊織を完全に無視して教室に足を向ける。伊織の足音は即座に隣にやってきた。

「んで、それやったのって、やっぱりさっきの二年生たち？」

「っ！」

伊織が気づいているとは思っていなかったので、栞奈は驚きを隠《かく》せなかった。

「何の話？」

それでも、ごまかすようにそう続けた。

ピアノコンクールの二次予選を前にした伊織に、余計《よけい》な気を回してほしくはなかった。いや、それは嘘《うそ》だ。本心は少し違う。こんな仕打ちにあっていることを、栞奈は伊織に知られたくなかった。自分が惨《みじ》めに思えてくるから……。

「上履《うわば》き隠した犯人に決まってんじゃん」

逃げ場のないストレートな指摘。

「なにそれ。意味わからないんだけど」

「あのね。俺でもわかるってさすがに。遠巻きに人のこと観察して、嫌《いや》な笑い方する連中ってどこにでもいるじゃん」

「音楽科のクラスは殺伐《さつばつ》としてるのね」

無駄とわかりながらも、栞奈《かんな》は話題を逸《そ》らすように最後まで抵抗した。

「いや～、あいつらの場合、他人を悪く言っているヒマはないって。自分のことでいっぱいいっぱいだから。周りを気にしたやつから脱落するんだよ」

どこか他人事《ひとごと》のような陽気な口調だ。

「あなたもその一員でしょ」

それに伊織《いおり》は反応せず、自分の話を続ける。

「俺、中学まで普通の学校だったから、ピアノの練習ばっかして、クラスどころか学校から完全に浮いてたからね。なんか、色々なものがよく消えてたんだよ」

恐らく、伊織の同級生たちは伊織のことが怖《こわ》かったのだと思う。音楽という絶対的な存在をすでに持っている伊織は、自分たちとは違う生き方をしていたから……。

放課後はピアノの練習をするため家に直帰し、体育の授業は指をケガするといけないからという理由で見学する。コンクールと日程が重なったせいで、修学旅行にも行っていないと、伊織は前に嘆《なげ》いていた。

普通と違う伊織を攻撃《こうげき》することで、中学の同級生たちは漠然《ばくぜん》とした不安から解放されたかったのだろう。本当は向き合わなければならない現実から目を背《そむ》けたのだ。将来に近い場所にいたのは、間違いなく伊織の方だったのだから……。

「そんな嫌《いや》な思い出……よく笑いながら話せるわね」

「ん～、そりゃあ、まあ、楽しい記憶じゃないけどさ～、俺なんて姉ちゃんに比べたらましだったからなあ」

「そうなの？」

少し意外だった。美咲《みさき》や仁《じん》の同級生に当たる伊織の姉……姫宮沙織《ひめみやさおり》とは栞奈も面識がある。留学先のオーストリアから一時帰国している際に、伊織に紹介されたのだ。

年齢よりも大人《おとな》びて見える綺麗《きれい》な人だった。一見、淡々としているのに、彼氏の話題になると顔を赤くして慌《あわ》てていたのをよく覚えている。

「だって、女子の方がえげつないじゃん。そういうとこ」

なんとなく言わんとしていることはわかった。

「確か、中学入ってすぐだったもん。姉ちゃんがずっとヘッドフォンをするようになったのって。それって、そういうことじゃん？」

弟の伊織も、四六時中ヘッドフォンを頭に乗せている。ないときの方が珍しいくらいだ。

「でも、スイコーに入って変わったんだよなあ。夏休みに帰ってきたときに、『上には上がいた』って、笑ってたの覚えてんだけど……あれ、美咲さんのことだったんだろうな」

「そうでしょうね」

「てか、姉ちゃんの話はどうでもいいんだけどさ」

「はじめたのはあなたでしょ」

「こないだの一次予選のときもいたよ。上手《うま》いやつの悪口陰《かげ》で言っている連中」

「……」

「さっきの二年生たちからは、そういう嫌《いや》な感じがした」

階段で二階まで上がったところで、伊織《いおり》が立ち止まる。

三年の教室はもう一階上の三階だ。

それなのに、伊織の足は二階の廊下を進もうとしている。

「ちょっと、どこに行くのよ」

行き先は聞かなくてもわかった。けど、そう声をかける以外になかった。

「やめて」

きつく睨《にら》み付ける。

「なんで?」

伊織は不満そうだ。

「ここであなたが出て行って、どういう結果になると思うわけ?」

「俺の好感度が上がる」

誇らしげに伊織は笑顔を向けてきた。

「マイナスまで下がるわよ」

「今、あなたに庇《かば》ってもらったら、余計《よけい》に彼女たちの反感を買って、私への嫌がらせがエスカレートするから」

「げっ、どうして!?」

「え？　なんでそうなるの？　普通、俺が嫌《きら》われるだけじゃない？」

それは男子の理屈だ。

「女子ってそういう生き物なのよ」

「こわっ！」

「だから、やめて」

「じゃあ、どうするんだよ。やられっぱなし？」

「放っておけば、いずれ飽きるでしょ」

「お前、それでいいの？　俺は嫌だよ？」

「いいとか、悪いとかじゃなくて、それが一番いい方法なのよ」

「でも……」

「でもじゃなくて」

不服そうな伊織に、栞奈《かんな》は強く言葉を被《かぶ》せた。

「いい？　ほんと何もしないでよ」

さらに念を押す。

「……」

伊織《いおり》は首を縦《たて》には振《ふ》らない。ふてくされた顔をしている。

「なにかしたら、二度と口を利《き》かないから」

「……」

「わかった？」

「……わかった」

渋々《しぶしぶ》といった様子で伊織が頷《うなず》く。少しも納得していない拗《す》ねた子供の表情だった。

HR前の教室では、クラスメイトの女子から何度も同じ質問をされた。

「あれ、長谷《はせ》さん、上履《うわば》きは？」

「うん、忘れてきちゃって」

「そうなんだ。珍しいね」

というやり取りを、「おはよう」の挨拶《あいさつ》の数だけ繰り返した。

その不毛な時間は、優子《ゆうこ》が遅刻すれすれになって登校してくるまで続いた。

教室の窓際《まどぎわ》。一番前が栞奈の席で、その後ろが優子だ。

「もう、酷《ひど》いよ、栞奈ちゃん。起こしてくれればいいのに～！」

走ってきたらしく、優子の息は完全に上がっている。席に着くなり、机を抱きかかえるようにして突っ伏《ぷ》した。

「一応、弁解させてもらうと、声はかけたし、シーツも引っ張ったし、肩も揺《ゆ》すって、軽く頰《ほお》も叩《たた》いたから。それでも、起きるどころか、『明日まで寝る〜』とか言って、起きなかったのは神田《かんだ》さんよ」

「そうだっけ？」

「寝ぼけて覚えてないだろうけど」

「ごめん、栞奈ちゃん」

「謝《あやま》らなくていいけど」

「明日は、頰を叩かれたあたりで起きられるようにがんばるよ！」

決意の眼差《まなざ》しで宣言するのはいいのだが、頰を叩くのはもはや最終手段だ。

ふと、そんな優子の足元に目が留まる。どうしたことか、栞奈と同じくスリッパをはいている。

「上履きはどうしたの？」

散々、クラスメイトからされた質問を、栞奈は優子に投げかけた。

「週末に洗おうと思って持って帰ったんだけど……」

「持ってくるのを忘れたのね」

「ううん」

「違うの?」

「洗うのを忘れたんだよ」

言われて思い出したが、洗面所の隅《すみ》っこに上履《うわば》き入れが置いてあった気がする。小学生のときから使っていると思われるピンク色の袋だ。ご丁寧《ていねい》に名札には『かんだゆうこ』と書いてあったはず。

「優子《ゆうこ》の推理によると、週末は美咲《みさき》さんの家でお鍋《なべ》をしたでしょ? ついでにお風呂《ふろ》も借りて帰っちゃったから、忘れたんだと思うんだよね」

「そうね。そうだと思う」

「あれ? 栞奈《かんな》ちゃんも忘れたの?」

優子の視線は栞奈の足元に注がれている。

「やった、お揃《そろ》いだね!」

何がうれしいのかはわからないが、優子はにこにこしている。おかげで、栞奈の鬱屈《うっくつ》した気分はだいぶ救われた。

「そうね」

本当に救われた気持ちになれた。

授業がはじまると、栞奈はノートを取る隙間《すきま》の時間に、消えた上履きのことを考えた。

まず、明日はどうするか。

二日続けてスリッパでは目立ってしまう。

あとで購買部に買いに行こうか。でも、その場合、この時期に上履きを新調した理由が必要になる。本当のことは言えないので、さらに嘘《うそ》を吐《つ》くことになる。別に誰かをだましているわけではないので罪悪感はないけれど、変に思うクラスメイトはいるかもしれない。できれば、詮索《せんさく》されるのは避けたかった。

それに、買ったところで再び消えてしまう可能性もあるのだ。

新品がなくなるのは、なんだか我慢《がまん》がならない。

となると、消えた上履きを捜《さが》し出すしかないわけだが、それこそバカらしくてやっていられない。八方塞《ふさ》がりだ。

「ねえ、栞奈ちゃん」

囁《ささや》き声と共に、背中をつんつんとされた。

先生が黒板にチョークを走らせている隙に、栞奈は無言で後ろの席を振《ふ》り向いた。目で、「なに？」と尋ねる。

優子は窓の外を指差した。

何事かと思いながら目を向ける。すぐに優子の言いたいことはわかった。

授業中にもかかわらず、伊織《いおり》が校舎の外を歩いているのだ。何かを捜すように、植え込みの陰《かげ》を覗《のぞ》き込んでいる。

「……あのバカ」

机の下でケータイを開くと、先生の目を盗んで素早くメールを打った。

――「余計《よけい》なことしないで」って言ったでしょ
着信に気づいたらしい伊織《いおり》がケータイを確認している。

――うおっ、なんでバレた？

――丸見えよ
顔を上げた伊織が「あ」と間抜《まぬ》けな口を開けている。

――ごめんなさい
――約束、覚えてるわよね？

余計なことをしたら、二度と口を利《き》かないと、今朝話したばかりだ。

――ほんとにごめんなさい！

土下座《どげざ》の顔文字つきのメールが届く。

容赦《ようしゃ》なく栞奈《かんな》はケータイをしまった。意識を黒板に戻す。ケータイはメールの着信を頻繁《ひんぱん》に知らせてきたけれど、栞奈は授業に集中することにした。窓の外には目を向けなかった。

伊織の行動のせいで、自分にさらなる災難が降りかかることを恐れているわけではない。自分のせいで、伊織がかっこ悪いことをしているのを見るのが、なんだか辛《つら》かった。

本当は、上履《うわば》きを捜《さが》してくれているのがわかった瞬間《しゅんかん》、胸の奥はじんわりと熱くなっていた……。ただ、その感情に、栞奈は素直《すなお》に甘えようとは思わなかった。

昼休みになると、栞奈は飲み物を買うために廊下に出た。お目当ての自販機は、階段の脇《わき》にある。教室を出て目と鼻の先だ。

だけど、階段を下りて行く伊織の後ろ姿が見えると、教室を出たところで足を止めた。回れ右をして、別の自販機を目指して歩き出す。

仕方なくやってきたのは、一階の購買近くにある自販機。でも、そこにも栞奈は近づけなかった。隣《となり》にあるパン販売の列に、例の二年生の集団を見つけたのだ。今は、日吉美佳子《ひよしみかこ》も一緒《いっしょ》で、今朝の四人と合わせた五人組だ。

体がびくついて、足はぴたりと止まった。その際にひとりと目が合った。すると、意識が伝染したのか、残りの四人も一度栞奈を見た気がした。声は聞こえない。ただ、笑い声だけがやけに耳に残る。嫌《いや》な雑音だった。

栞奈は来た道を何も買わずに引き返した。足早にその場を去る。一秒でも早く、あの二年生たちの視界から消えたかった。

人の少ない方を選んで、栞奈はとにかく購買から離れた。

その際、ぱたぱたと鳴る自分の足音がやけに大きく聞こえた。息苦しいほどに胸を締《し》め付けてくる。

怒りや苛立《いらだ》ちはない。あるのは、情けなくて惨《みじ》めな気持ちだけ……。ただただ、悲しいだけだった。

何も考えずに校内を歩いてたどり着いたのは別棟《べつむね》にある音楽室だった。

整然と並んだ机と椅子《いす》。正面に鎮座したグランドピアノ。重厚感のある黒い輝きを放っている。

絨毯《じゅうたん》の床は、スリッパの足音を消してくれて、なんだかとても安心できた。

防音がなされているせいか、昼休みの喧騒《けんそう》はまるで聞こえない。

教室の一番後ろまで歩くと、壁にもたれて座り込んだ。

ふっと体の力が抜けていく。その途端《とたん》、急に涙が出てきた。自分でもわけがわからなかった。

止めようと思っても止まらない。

泣きやもうとする栞奈《かんな》の耳に、ぶつっという音が聞こえてきた。スピーカーの電源が入ったようだ。

校内放送でも流れるのだろうか。

そう思った矢先、

「あのさ、これでいけるの?」

と聞こえてきた。

「いけるんじゃない？」

「たぶん、大丈夫だ」

三人の男子生徒の声。

最初のひとりには聞き覚えがある。伊織《いおり》だ。残りのふたりは、伊織と仲のいい音楽科の三年生、春日部《かすかべ》翔《しよう》と武里直哉《たけさとなおや》だと思う。

一体、伊織は何をする気だろうか。先ほどの短いやり取りを聞いただけでも、正規の放送ではないのだと想像できる。しかも、このタイミングだ。栞奈は自分が無関係だとは考えなかった。

顔を上げて、スピーカーを見つめる。

「えっと、俺だけど」

まるで電話のような語り出しだった。

珍しく緊張が声に乗っている。その伊織よりも、栞奈の方が緊張していた。全身が強張《こわば》って、体が震《ふる》えている。

「俺って、誰よ？」

すかさず、友人からのツッコミが入った。

「伊織だろ」

もうひとりの友人が答えている。

「ちょっと、お前ら黙《だま》ってろって……あ、えっと、メールも返信ないし、電話も出てくんないし、教室行くとすげえやな顔するだろうから、ここで言うけどさ」

真っ先に思い浮かんだのは上履《うわば》きの件……。泣き寝入りは納得できないとか、そんなことを伊織《いおり》は言いたいのだろうと思った。

けれど、次に続いた伊織の言葉は、栞奈《かんな》の予想とはかけ離れた内容だった。

「俺、全日本コンクールで上位入賞したら、もう一度告白するから」

「っ!?」

完全な不意打ちに、頭の中が真っ白になる。

「伊織は、一体誰に言ってるの?」

からかうように、合いの手が入った。

「そりゃあ、長谷《はせ》栞奈……さん」

バカ正直に伊織が名前を口にする。

短い沈黙《ちんもく》。

しんとした空気が流れていく。

静けさで満たされていく。

「いや、それ、もう告白してるから」

絶妙《ぜつみょう》な間を置いて、スピーカーからごもっともな指摘が飛んできた。

次の瞬間《しゅんかん》、校内がどっと沸《わ》くのがわかった。笑い声がうねりとなって、栞奈のいる音楽室まで響いてきたのだ。

「こら、お前たち、勝手に放送室を使うな！」

低音の大人《おとな》の声。どうやら教師が乗り込んできたらしい。バタバタとした空気がスピーカーから伝わってくる。

「ちょっと、職員室まで来い！」

同時に、連行されていく伊織たち三人の悲鳴が届けられる。

「俺は本気だからな！」

マイクから離れて叫んだのであろう伊織の声を最後に、突然の校内放送は終了した。

「はあ……」

ため息が音楽室に広がっていく。

「おかげで、教室に戻れなくなったじゃない……」

元々、今日は授業を受けたい気分ではなかった。サボる口実ができたことを、栞奈は少し喜んでいた。

「ほんと、バカなんだから……」

午後の授業の開始を告《つ》げる鐘《かね》が鳴るのを待って、栞奈は保健室に移動した。

「すいません。体調が悪くて」

と、栞奈《かんな》が俯《うつむ》きながら告《つ》げると、

「そりゃ、恥ずかしいわよね」

と、保険医の蓮田《はすだ》小夜子《さよこ》はずる休みを認めて笑ってくれた。

栞奈が保健室を出たのは、帰りのＨＲが終わって一時間以上が経過してからだった。もうすぐ五時になる。

部活で残っている生徒はいても、この時間になれば校舎の中はがらんとしている。誰もいない廊下を移動して、誰もいない教室で鞄《かばん》を回収した。そして、誰とも遭遇《そうぐう》することなく下駄箱《げたばこ》までやってきた。

「……」

扉に触れた指は震《ふる》えている。靴までなくなっていたらどうしようという、悪い想像が脳裏《のうり》をかすめた。

祈るような気持ちで、ゆっくりと扉を開く。

「……」

すると、そこには想像と違う光景があった。二段になった下駄箱の上段。姿を消したはずの上履《うわば》きが入っている。間違いなく栞奈の上履きだ。画鋲《がびょう》が刺さっていたりもしない。ペンキで汚れてもいない。

思い当たる節はひとつ。昼休みに流れた伊織《いおり》の校内放送だ。別に、あれを聞いて悪いことをしたと思ったわけではないだろう。きっと、自分たちのしたことがバカらしくなったのだ。ただ、それだけのこと……。

栞奈はスリッパを来賓《らいひん》の下駄箱に戻し、靴を履いて昇降口を出た。

同じタイミングで、隣《となり》の出口から誰かが出てくる。伊織だ。手には鞄《かばん》と剝《む》き出しの楽譜を持っていた。

気配に気づいた伊織が栞奈の方を向く。

「げっ」

顔を見るなり、表情を引きつらせていた。悪戯《いたずら》がばれた子供の顔だ。

「……」

「え～っと、怒ってる？」

「誰かさんのせいで、午後は授業に出られなかった」

「ごめん」

「明日から、どんな顔で学校に通えばいいのよ」

「ごめんなさい」

「はあ……」

「す、すいませんでした」

「……」

無言で睨《にら》み付ける。

「お願い、許して！」

両手を前で合わせて、伊織《いおり》が拝《おが》んでくる。

「……コンクール」

栞奈《かんな》はわずかに視線を逸《そ》らした。

「え？」

頭を下げた姿勢から、伊織は栞奈を盗み見ていた。視線がわずかに絡《から》む。

「入賞できたら、付き合ってあげてもいい」

「……え？」

「……」

「え？　え？　ほんとに!?　まじで、ほんとに!?」

声に出すと裏返《うらがえ》りそうだったので、栞奈はこくんと俯《うつむ》くように頷《うなず》いた。

そして、下を向いたまま逃げるように走り出す。これ以上、ここにいる勇気はなかった。まともに伊織の顔も見られなかった。

背後からは、

「いやった～！　ひゃっほ～！　いえ～い!!」

と、喜びを爆発させる伊織の声が聞こえていた。

5

それから一学期が終わるまでの毎日は、栞奈の望む平穏《へいおん》な日々とはかけ離れたものとなった。

伊織の校内放送を切っ掛《きか》けに、全校生徒の視線を集めるようになってしまったのだ。

コンクールの二次予選に向けた練習に励む伊織は、まったく気にしている様子がなかったが、栞奈はそう無神経ではいられない。

あの翌日から、噂《うわさ》と話題の中心にされてしまい、気苦労が絶えることはなかった。

毎日のように、

「長谷《はせ》さん、付き合うんだよね？」

「実はもう返事してたりする？」

「姫宮《ひめみや》君、やっぱりそうだったんだ。見ててわかりやすかったよね」

「ねえねえ、実際のところ、姫宮君のことどう思ってるの？」

「がんばってね」

などと、クラスの女子から質問攻《ぜ》めにされたり、謎《なぞ》の応援をされたりもした。

「まだ告白されたわけじゃないもの」

と言って、問題をなかったことにしようと努めたが、

「またまた～」

という具合に、にやにやされるばかりで、誰ひとりとして栞奈《かんな》を放っておいてはくれなかった。

女子はどうしてこんなにも恋愛の話が好きなのだろうか……。

さすがに、期末試験がはじまると栞奈の周囲は落ち着きを取り戻したが、それが終わると、今度は全日本コンクールの二次予選の日程が迫ってきた。当然、みんなの興味は伊織《いおり》の方へと大きく傾く。本選で入賞するためには、まず二次予選を突破《とっぱ》する必要があるのだ。できることなら、そっとしておいてほしい。伊織にとっては大事な時期……。

これなら、まだ自分が注目される方がましとさえ栞奈は思った。

周囲の雑音が煩《うるさ》くて、コンクールに集中できなかったらどうしようなどと考えると、胸の中がざわざわするのだ。

けれど、栞奈の心配をよそに、伊織はそうした反応などまるで気にしていなかった。その証拠に、海の日に行われた二次予選を難なく通過してみせたのだ。

「通過した～」

本人は実にけろっとしていた。

元々、本選に出場するだけの実力はあったのだから、驚くべきことではないのかもしれない。

それでも、複雑骨折という大ケガを乗り越えて、再びコンクールの舞台に立つには、強い覚《かく》悟《ご》と、日々の練習を続ける努力が必要だったはずなのだ。

それは誰にでもできることではないと思う。


二次予選が終わったその日の夜、栞奈はなかなか寝付けずにいた。

ベッドにもぐってすでに二時間。

何度目かわからない寝返りを打ったあとで、栞奈はむくりと起き上がった。眠れなければ寝なければいい。

どうせ、もう夏休み。学校に行く必要はない。昼まで寝ていたところで、誰かに迷惑《めいわく》をかけるわけでもない。

起きていようと決めた途端《とたん》、栞奈のお腹がぐうと鳴った。

空腹を満たすために、部屋を出る。

一階に下りてダイニングにやってくると、そこには先客がいた。

「お」

冷蔵庫を物色しているのは伊織だ。そのすぐ側では、床に置かれたクッションを寝床にして、二匹の猫が丸くなって眠っている。名前はあおばとあさひ。

「いや、なんか腹が減《へ》って」

目ぼしいものが見つからないのか、伊織《いおり》は冷蔵庫の前を離れない。

「ホットケーキの素《もと》ならあるわよ」

卵と牛乳を粉に混ぜて焼くだけで、おいしく出来上がる。

「お、いいね」

冷蔵庫から卵と牛乳を出した伊織は、キッチンの戸棚《とだな》に手を伸ばした。箱に入ったホットケーキの素を取り出す。

「貸して。作ってあげる」

伊織の手から箱を奪《うば》う。フライパンをコンロの上に置き、ボウルを用意した。

「毒《どく》とか、混ぜる気？」

「混ぜないわよ」

「なら、どういう風の吹き回し？」

「やけどでもされたら、迷惑だから」

「お前の中で、俺はどんだけ不器用な扱《あつか》いになってんの？」

「念のためよ」

小声で答えた。

伊織を不器用だと思ったことはない。はっきり言って、栞奈《かんな》よりも手先は器用な方だ。料理だって、栞奈よりも上手《じょうず》なくらい。

「いいから座ってて」

「は～い」

小学生のような返事をしてから、伊織はダイニングテーブルに着いた。ナイフとフォークを構えて、今か今かと待っている。

約十分後、栞奈は完成したホットケーキを二枚重ねて、伊織の前に持っていった。ひとつ間を空《あ》けて、栞奈も椅子《いす》に座る。

「うん、美味《うま》いな」

口いっぱいに、頬張《ほおば》っている。一枚目はぺろりと平らげた。

「あのさ」

「なに」

「本選、来てくれる？」

「……」

「八月十日なんだけどさ。……用事あったり？」

「ないけど……」

「けど？」

「実家に帰ってるかも……」

本当はそんな気はさらさらない。母親とその再婚相手である新しい父親がいる家には、あまりいたくない。その上、母親は妊娠《にんしん》中だ。数ヵ月後には歳の離れた弟か妹が誕生する。栞奈の居場所などあるはずもなかった。

「まあ、夏休みだもんなあ。じゃあ、わかった。気が向いたらでいいから来てくれ」

「……うん」

曖昧《あいまい》に返事をして、栞奈《かんな》は立ち上がった。

「食器、置いておいて。明日、洗うから」

「それくらい自分でやるって」

「コンクールの本選まで、少しは気をつけなさいよ」

栞奈の視線は自然と伊織《いおり》の長い指へと注がれる。口調は少しきつめになっていた。

「やっぱり、お前、まだ気にしてんのな」

その言葉は、完全な不意打ちだった。

「っ!?」

驚きが顔に出る。

「俺が腕折ったことさ」

胸の奥をぎゅっと摑《つか》まれたような感覚だった。身動きが取れない。鼓動《こどう》だけが早くなっていく。

「……」

何か言わないといけないと思った。伊織の言葉を否定しないといけないと思った。でも、言葉が出てこない。

「俺は、全然大丈夫だぞ」

「……」

「だから、本選、来てほしい」

ホットケーキの最後の一切れを口に運ぶと、伊織は「ごちそうさま」と言ってダイニングを出て行った。

残ったのは栞奈ひとりだけ。

「そんなの……」

気持ちが零《こぼ》れていく。

「そんなの気にするに決まってるじゃない！」

胸の奥のつかえを吐《は》き出すことも、飲み下すこともできず、栞奈は後悔と罪悪感に染まった想いをただ絞《しぼ》り出した……。

6

さくら荘《そう》で迎える三度目の夏休みは、淡々と日数を重ねていった。

意外と先に思えた八月の十日。その日になってみれば、あっという間の二十日間だった気がする。

本日、水明芸術大学《すいめいげいじゅつだいがく》の音楽ホールでは、全日本コンクールの本選が行われる。

あいにくの曇《くも》り空は、まるで栞奈《かんな》の晴れない気分を表しているかのようだ。分厚い雨雲が重たく頭上を覆《おお》っている。

先にさくら荘《そう》を出発した伊織《いおり》を見送ったあとでも、栞奈はコンクールの応援に行くべきかどうか、まだ迷っていた。

率直《そっちょく》に言えば、伊織がピアノを弾《ひ》く姿を見るのがこわいという気持ちが強い。ひとつでもミスが出れば、その責任が自分にあるような気がしてしまうから……。

それでも、栞奈は出かける準備だけは整えた。制服に着替えて玄関までやってくる。今、出発すれば、開始の時間には余裕を持って間に合う。

「……」

悩みながらも靴を履《は》いた。

行くだけ行って、直前でどうするかを決めればいい。

そう思い、栞奈はようやくさくら荘を出発した。

通い慣れた通学路を進んでいく。

スイコーの門は通り抜けずに、大学の敷地《しきち》まで足を伸ばす。正門から入って、並木道を真っ直ぐに歩いた。

薄《うっす》らと人の流れができている。恐らく、目的地は栞奈と同じ音楽ホールだ。

整った服装の人が多い。

流れに紛《まぎ》れて歩いていると、すぐに音楽ホールの前に着いてしまった。

階段を数段上がったところに、ガラス張りの正面入り口がある。次々に人がその中へと吸い込まれていく。

栞奈は数メートルだけ脇《わき》に逸《そ》れて、音楽ホールの前で立ち尽《つ》くした。深呼吸を繰り返す。

そうして、一分ほど考えた。

「……やっぱり、帰ろう」

導き出された結論は、この場から引き返すということ。その場で回れ右をする。すると、よく知った人物にばったりと出くわした。

「あ、栞奈さん」

優子《ゆうこ》の兄である空太《そらた》だ。襟《えり》のついたシャツ。裾《すそ》はきちんとズボンに入っている。

「伊織《いおり》の応援？」

「いえ、私は……」

違う、と続けようとした栞奈の言葉に被《かぶ》せて、音楽ホールの入り口から大きな声が届けられた。

「お～、いたいた、こーはいく～ん！」

美咲《みさき》が階段の上からぶんぶんと手を振《ふ》っている。その脇《わき》には、旦那《だんな》である三鷹仁《みたかじん》の姿もあった。さらに、もうふたり。ひとりは伊織《いおり》の姉である沙織《さおり》で、その隣《となり》にいるのは、恋人の館林《たてばやし》総一郎《そういちろう》だ。

「あれ、仁さん、こっち来てたんですか？」

空太《そらた》も知らなかったらしく、素《す》で驚いている。仁は大阪《おおさか》の芸大に通っているため、当然、住まいも大阪だ。

「元生徒会長が、どうしても、はうはうとのバカップルぶりを見せつけたいって言うからさ。渋々《しぶしぶ》戻ってきたんだよ」

「誰もそんなことは言ってないだろ」

「そ、そうだぞ、三鷹。私たちのどこがバカップルなんだ」

総一郎と沙織が立て続けに抗議をする。

「ふたり仲良く、俺に反撃《はんげき》してくるところとかだろうね」

「なっ！」

仁の軽やかな言葉運びに、沙織の顔は赤くなった。

「んじゃ、中入ろうぜ。席、なくなるぞ」

仁はさっさと入り口をくぐってしまう。総一郎と沙織は、何か言い訳の言葉を重ねながらその後ろに続いた。

「ほらほら、こーはいくんとノーパンも行くぞ！」

「あ、私は……」

美咲に腕を摑《つか》まれて、「帰る」という言葉は喉《のど》の奥に引っ込んでしまった。


ホールの後方、二百席ほどが一般公開用に設《もう》けられた座席だった。

独特の緊張感がふわふわと浮かんでいる。

丸々一列空《あ》いている場所を見つけ、仁、美咲、沙織、総一郎、空太《そらた》、栞奈《かんな》の順番に腰《こし》を下ろした。

埋まっている座席は七割程度だろうか。続々と人は増えているので、コンクールがはじまる前には満席になりそうな勢いだ。

「そう言えば、伊織がとんでもない宣言したらしいね」

隣《となり》の空太が話しかけてくる。

「とんでもない？」

反応したのは沙織だ。前かがみになって、空太と栞奈の方に顔を向けてくる。

「校内放送で、入賞したら栞奈さんに告白するって言ったらしいです」

説明してくれたのは空太だ。

「うわ、あのバカ……ごめん、伊織《いおり》が迷惑《めいわく》かけたね」

沙織《さおり》は露骨《ろこつ》に困った表情を浮かべている。

「いえ……その、しばらくは大変でしたけど、もう大丈夫ですから」

「ほんと、ごめん」

顔の前で手を合わせて、沙織が改めて謝罪してきた。

「いえ、ほんと、大丈夫です」

一体、何が大丈夫なのか、栞奈《かんな》自身もよくわかっていない。ただ、この場合、そう答えるしかなかった。

――まもなく、コンクールの開演となります。お立ちの方は席におつきください
アナウンスに遮《さえぎ》られて、会話は打ち切りとなった。

少しほっとする。これ以上、校内放送の話題を引っ張りたくはなかった。

静かに開始を待つこと約五分……ようやく、ひとり目の演奏者の紹介が流れた。真紅《しんく》の派手なドレスを着た女子が、乾いた足音を鳴らしながら舞台上に顔を出す。

観客と審査員《しんさいん》の注目を浴びながら、彼女はピアノを弾《ひ》きはじめた。

全三曲を演奏する。

さすがに本選ともなると、レベルは高かった。「ピアノが弾けます」という次元とは、明らかに表現力という点で違っている。演奏者ごとに個性が光っていた。

素人《しろうと》の栞奈から見れば、全員がプロに思える。

ひとり、またひとりと演奏を終えていく。そのたびに、会場には拍手が起こった。その大きさは演奏者ごとに異なり、残酷《ざんこく》な差となって表れてくる。きっと、当人たちがその意味を一番深く理解しているはずだ。まさに、実力の世界。

伊織は九人目として登場した。

名前を呼ばれた瞬間《しゅんかん》、わずかに会場がざわついた。燕尾《えんび》服《ふく》を着た伊織が袖《そで》から現れると、ざわめきはより大きくなる。気のせいなどではない。

伊織はふたつの理由で有名なのだ。ひとつは、今、栞奈と同じ列に座っている沙織の弟であるということ。もうひとつは、二年前に骨折をして、今日までの期間、コンクールという表舞台から姿を消していたということ。

コンクールの常連さんたちにとっては、二年ぶりの再会なのだ。

復活の舞台という眼差《まなざ》しを向けられるのも仕方がない。同時に、そんなに甘いものではないという厳しい目も会場にはいくつもあるように栞奈は感じた。

そうした人々の意識に惑《まど》わされることなく、伊織は脇目《わきめ》も振《ふ》らずにピアノの前まで歩いた。椅子《いす》の高さを調整する。背筋《せすじ》を伸ばして座った。

そして、ふうっとひとつ息を吐《は》く。

たったそれだけで心の準備は整ったらしく、伊織は鍵盤《けんばん》に手を添《そ》えると、そのままピアノを弾《ひ》きはじめた。栞奈《かんな》の方が、まだ心の準備をできていなかった。伊織《いおり》の弾くピアノの音に動揺《どうよう》してしまう。

滑《なめ》らかで繊細《せんさい》なメロディ。鍵盤《けんばん》の上を指がしなやかに走っている。やさしくて、でも、どこか無邪気《むじゃき》さが残っているような旋律《せんりつ》。

波打った気持ちが落ち着いていく。意識が絡《から》め取られていく。

曲に確かな意思を感じた。それは、伊織の意思だ。

一番に栞奈を惹《ひ》き付けたのは、ピアノを弾く伊織の表情だった。

「……」

笑っている。

楽しそうに、笑っている。

一曲目はのびのびと弾き終え、続く二曲目は対照的に力強い楽曲だった。嵐のような激しさ。それを感情豊かに、ぶつけてくる。勢いが音となって全身に降り注いだ。

演奏が終わったとき、伊織は呼吸を整えるように大きく深呼吸をしていた。

次で最後。会場は固唾《かたず》を呑《の》んで見守っている。

その期待に応《こた》えるように、伊織の手から楽しげな楽曲が奏《かな》でられた。

飛んで、跳《は》ねて、ウキウキするような気持ちが会場を満たしていく。それは、この状況を伊織が楽しんでいるからに他ならないと栞奈は思った。

本当に、伊織は楽しそうにピアノを弾《ひ》いていたから……。

そして、ついに伊織は大きなミスもなく、三曲目を弾き終える。最後に鍵盤を叩《たた》いた手を、反動で持ち上げる。糸の付いた人形を操《あやつ》るようなポーズで、伊織は制止していた。

会場を静寂《せいじゃく》が支配する。

でも、次の瞬間《しゅんかん》、大きな感情がうねりとなって、割れんばかりの拍手が音楽ホール全体を包み込んだ。

「ブラボ〜！　いおりん！」

美咲《みさき》につられて、他の観客からも声が上がった。

立ち上がった伊織が客席に向けて一礼する。顔を上げると、栞奈たちに向かってガッツポーズをした。

拍手に見送られながら、伊織は堂々とした足取りで袖《そで》へと消えていく。

それでも、まだ拍手は収まらない。

「こんな拍手、私ももらったことないよ」

沙織《さおり》がぽつりともらす。

「『姫宮《ひめみや》弟』は、卒業できたみたいですね」

空太《そらた》が誰にともなく声にする。

誰も、「うん」とも、「そうだね」とも言わなかったけれど、空太の言葉は会場の拍手が肯定《こうてい》していた。

そんな熱狂の最中、栞奈《かんな》は鼻の奥をつんとさせる感情とひとり戦っていた。油断すると、泣き出しそうだった。


全員の演奏が終わったのは午後四時。

三十分ほど審議《しんぎ》の時間を取って、すぐさま入賞者の発表が舞台上で行われた。

拍手の大きさでは、伊織《いおり》がダントツだったと思う。

栞奈は伊織の名前が呼ばれるのを期待しながら待っていた。

「——以上で、入賞者の発表を終わります」

だから、伊織の名前が呼ばれる前に、マイクを持った男性がそう締《し》めくくった理由はよくわからなかった。


授賞式が終わり、三十分以上が経過しても伊織は控《ひか》え室から出てはこなかった。

すでに会場は急ピッチで片付けがはじまっている。コンクールの出場者たちも、ドレスや燕《えん》尾《び》服《ふく》を脱いで、殆《ほとん》どが撤収《てっしゅう》していた。

栞奈は空太《そらた》たちと一緒《いっしょ》に、音楽ホールのロビーで伊織の着替えを待っていた。特に会話もなく、横長の椅子《いす》に腰《こし》を落ち着けている。

そこへ、ふたつの人影が通りがかった。スイコーの制服を着ている。よく見ると、武里直哉《たけさとなおや》と春日部《かすかべ》翔《しょう》だった。ふたりともコンクールに出場していたのだ。

「あ、長谷《はせ》さん」

声をかけてきたのは翔だ。幼さの残る顔立ちには、困惑《こんわく》の色が濃く出ている。

「伊織は？」

隣《となり》から空太が質問をした。

「まだ控え室です。壁とロッカーの間に挟《はさ》まって落ち込んでいます」

そう教えてくれたのは直哉の方だ。

「『俺の青春が終わった……』とか、『今すぐ地球は滅びればいい……』とか、物騒《ぶっそう》なこと言ってて……重症ですね」

翔がそう補足する。

「はあ……」

栞奈は息をひとつ落とすと、ロビーの椅子から立ち上がった。

当然のように視線が集まる。

「様子、見てきます」

栞奈は短く告《つ》げて、控え室の方へと足を向けた。

「入るわよ」

残っているのは伊織《いおり》だけだと直哉《なおや》から聞いていたので、栞奈《かんな》は声をかけながらドアを開けた。

部屋の一番奥。本当に壁とロッカーの間に挟《はさ》まって、伊織は膝《ひざ》を抱《かか》えて座っていた。

「運営の人が、片付けできないって困ってる」

「……」

伊織はいじけた子供のように、床の一点を指でぐりぐりしている。

「ほら、早く着替えて帰るわよ」

「やだ」

「子供みたいなこと言わないで」

「……」

「その態度はなに？　そんなに悔《くや》しかったの？」

「違う」

「じゃあ、なに？」

「入賞したかった……」

ず〜んとさらに伊織が落ち込む。膝に顔を埋《うず》めていた。

「そんなに私と付き合いたかったの？」

「……それはある」

はあ、と深いため息を伊織がもらす。

「でも、それだけじゃない」

「なら、なんなのよ？」

「入賞したかった……」

「だから、どうして」

「入賞して、ちゃんと証明したかったんだよ」

「……」

顔を上げた伊織は、視線を天井《てんじょう》に逃がした。

「お前、ずっと気にしてるから、どうにかしたかったんだよ」

「……なによ、それ」

自分が理由だと言われて、栞奈は酷《ひど》く動揺《どうよう》した。

「もう骨折のことなんて、俺は全然気にしてないのに……お前だけ今も自分のせいだと思ってて……」

「そんなの仕方ないじゃない……その通りなんだし」

「だから、俺は大丈夫だって、お前にわかってほしかったんだよ！」

今にも泣き出しそうな顔で訴《うった》えかけてくる。

「私のためだって言いたいわけ？」

「ちげーよ」

「なら、なに？」

「結局、なんていうか、その……一度くらい、俺の音楽でお前に笑ってほしかったの！」

「なら、なに？」

「……なに、それ」

無邪気《むじゃき》にぶつかってくる感情に戸惑《とまど》い、栞奈《かんな》は無意味な返事をしていた。

「だ～、くそ、もう、何を言っているのかわからなくなってきた～！」

伊織《いおり》が我慢《がまん》の限界といった様子で頭をくしゃくしゃにする。ぼさぼさの頭はますます荒れ模《も》様《よう》となった。

「……私なんかのどこがいいのよ」

「はあ？」

「そんなに想ってもらう理由がない」

「うわ～、お前、ほんと面倒《めんど》くさいな」

「悪かったわね」

「別に、悪いなんて言ってないし」

ふてくされたように、伊織が口を尖《とが》らせる。足を前に投げ出して、なんだかリラックスムードになっていた。

「入賞なんてしなくても、ちゃんと伝わったわよ」

「……」

「あの拍手、聞いてなかったの？」

「聞いてたに決まってるじゃん。はじめてだもん、あんなの」

「なら……」

「でも、俺が知りたいのはお前がどう思ったかだし」

伊織の目が再び栞奈を捉《とら》える。演奏のことを思い出すと、じんと体の中心が熱くなった気がした。そうしたら、勝手に口が動いていた。

「……仕方がないから付き合ってあげてもいいって思った」

消えそうな声でそう呟《つぶや》く。

「え？」

伊織が間抜《まぬ》けな顔をする。

「今、なんて？」

「二度は言わない」

それとなく視線を逸《そ》らして、恥《は》ずかしさをごまかす。

「……えっと、まじで？」

まだ信じられないのか、伊織はぽか～んとしている。かと思えば、

「お前、熱とかないよな？」

と、真顔で聞いてきた。

「なに？　嫌《いや》なの？」

栞奈《かんな》は必死に強がって、伊織《いおり》を睨《にら》みつけた。

「だって、お前、俺のこと嫌《きら》いなんだよね？」

「そんなこと言ってない」

「いやいや、今日までに百万回は言われたんじゃないかなぁ？」

「百回くらいでしょ」

「十分多いよね？」

「……そんなに嫌なら、いいわよ。さよなら」

くるりと回って伊織に背を向ける。正面にあるのはドアだ。正直、もう恥《は》ずかしさの限界で、一刻も早くここから逃げ出したかった。

「だ～、待った待った！　嘘《うそ》です！　付き合ってください！　お願いします！　なにとぞ～！」

何のプライドもなく伊織が土下座《どげざ》をしている。

「どうか～！　どうか、お情けを～！」

「はあ……そういうの恥ずかしいからほんとやめてよ」

「はい、やめます」

今度はすたっと立ち上がる。

「だから、お願いします！」

「わかったわよ。仕方がないから付き合ってあげる」

「やった～！」

伊織が飛び跳《は》ねて喜びを爆発させた。先ほどまで、壁とロッカーの間に挟《はさ》まっていじけていた人間とはとても思えない。見事な変わり身だ。

「私、外で待ってるから、さっさと着替えるのよ」

赤くなっている顔を伏《ふ》せながら、栞奈は控《ひか》え室を出た。

視線を落としたまま、後ろ手にドアを閉める。

「……ふう」

ゆっくりと深呼吸をしたあとで静かに顔を上げた。その瞬間《しゅんかん》、栞奈の体は硬直《こうちょく》した。

「あ……」

控え室の前には、空太《そらた》、美咲《みさき》、仁《じん》、沙織《さおり》、総一郎《そういちろう》の姿があったのだ……。

「だ、大丈夫だ。半分くらいしか聞こえなかった。う、うん。大丈夫だ」

慌《あわ》てた様子で沙織が必死にフォローをしてくれる。

「そ、その、だ、大事な部分は聞こえたような気もするけど、私たちは誰にも言わないから、うん、大丈夫」

「沙織、語るに落ちてるぞ」

総一郎《そういちろう》が顔を押さえている。

「じゃあ、あとは若いふたりに任《まか》せて」

わざとらしく口元に手を当てて、美咲《みさき》がそんなことを言う。

「そうだな、邪魔《じゃま》しちゃ悪いし」

早々に、仁《じん》は出口の方へと歩き出す。

「えっと、その……栞奈《かんな》さん、あとはよろしく」

空太《そらた》の一言《ひとこと》で、美咲、沙織《さおり》、総一郎も楽しげに撤収《てっしゅう》をはじめた。

追いかけて言い訳をするわけにもいかない。頭の中はパニックで、それどころではなかった。

仕方がなく、栞奈は控え室の前でひとり窮屈《きゅうくつ》な想いを募《つの》らせていく。

「まだ、着替え終わらないの？」

溜まった不満は室内の伊織《いおり》にぶつけた。

「え？　なになに？　なんなの!?　なんで怒ってんの、お前は!?」


約五分後、控《ひか》え室を出てきた伊織と一緒《いっしょ》に、栞奈は音楽ホールを出た。本当に、空太たちは先に帰ったようで、周囲には誰にもいなかった。

正門から出て、夜に近づいていく帰り道を、栞奈は伊織とふたりで歩いた。

「……」

　そろそろ、大学の門を出て五分が経過するが、ふたりに会話はない。

「……あのさ」

　恐る恐る伊織が声をかけてくる。

「なに？」

「なんか話さない？」

「どうして？」

「そりゃ、晴れてお付き合いをはじめたふたりなんだし、色々あるよね？」

「色々って？」

「それは色々だよ……」

　伊織の声は尻《しり》すぼみに小さくなっていく。

「……」

「……」

　再び、沈黙《ちんもく》がふたりを包む。

　けれど、今度はそう長くは続かなかった。

「よし、じゃあ、名前で呼んでもいい？」

「好きにすれば」

「栞奈《かんな》………さん」

少しドキッとしたのもつかの間、敬称を付けられてガッカリした。

「へたれ」

「お前のそうした発言が、俺の心をぐいぐいと抉《えぐ》っていることに気づいてる？」

「気づいてるわよ」

「わかった上での仕打ちかよ！　性質《たち》悪いな、ほんと……というわけで、手、繋《つな》いでもいい？」

一体、どういうわけだろうか。聞いたところで要領を得ることはないだろう。

「嫌《いや》」

短く意思を伝える。

「なんで⁉」

大げさに伊織《いおり》は驚いていた。

「一度許すと、調子に乗って、他の場所も触られそうだし」

「俺をなんだと思ってるわけ？」

前かがみになって、伊織が顔を覗《のぞ》き込んできた。

「彼氏でしょ」

「お、おう」

まんざらでもない様子で、伊織は身を起こした。

そう指摘しておきながら、自分も赤くなっている自覚が栞奈にはあった。顔が熱い。その熱を忘れるために言葉を続ける。

「私、時々、白いものを黒いって言うから」

「はい？」

「よくても、ダメって言うから」

「それは、つまり……彼氏じゃなくて、俺が彼女ってこと⁉」

伊織が驚愕《きょうがく》に目を見開く。

「違うわよ」

ため息交じりに栞奈は返した。

「よかった～。あ～、びっくり」

「その前の話」

「なんだっけ？」

「あなたが手を繋ぎたいって言ったんでしょ？　責任を持って覚えておいて」

「ああ、そうだった……ってことは、いいの？」

「嫌」

栞奈はそっぽを向いて、先ほどと同じ返事をした。

「顔、赤いけど？」

少し遅れて、右手はぬくもりに包まれる。伊織《いおり》が手を握《にぎ》ってきたのだ。

「大きい」

「ん?」

「あなたの」

「なんか、今の台詞《せりふ》、興奮する」

「手の話だからね」

「わ、わかってるから、睨《にら》まないでくれるかな?」

伊織は完全に腰《こし》が引けている。コンクールの舞台上では、あれほど堂々とピアノを弾《ひ》いていたというのに……。同一人物とは思えない。

「これも、先に言っておくけど」

「なんでもどうぞぉ」

「私、面倒《めんど》くさいから」

「それはもうほんとよく知ってる」

「執念《しゅうねん》深いとも思う」

「まあ、それもわかってるかな」

「あなたが疑わしい行動をすると、ケータイとか見るかも」

「お宝画像は、あとで泣く泣く消すことにするよ」

「先に心変わりをして、他の女子を好きになったら刺すかも」

「ま、まじで？」

伊織の顔は引きつっている。

「半分冗談よ」

「半分本気じゃん、それ！」

「だから、やめるなら今のうちよ」

「絶対にやめない」

伊織は即答だった。栞奈《かんな》が言い終えるよりも先に答えていたくらいだ。

「そう……」

「ただ、その……ひとつ聞いてもいい？」

「ダメ」

「俺のことどう思ってるのか、まだ聞いてないんだよね」

「そんなの決まってるでしょ」

丁度《ちょうど》、目の前に短い階段が迫っていた。たった五段くらいしかない階段。

伊織の手を離すと、栞奈は先に駆《か》け上がった。そして、その頂上で振《ふ》り返ると、

「大嫌《だいきら》い」

と、精一杯《せいいっぱい》の笑顔で告《つ》げたのだった。

10

まだ夢の途中

1

「空太《そらた》先輩《せんぱい》、俺にキスを教えてください！」

　寒さの厳しくなりはじめた十一月最後の土曜日。

　夕方になって訪ねてきた伊織《いおり》は、真剣な表情で空太に迫ってきた。

　古い一戸建てのリビング。スイコーを卒業したあとで、空太が龍之介《りゅうのすけ》と借りている住居兼開発室だ。一階に一部屋、二階に三部屋の4ＬＤＫ。一階の一部屋とリビングを隔てる襖《ふすま》を取っ払って開発室として利用している。

　背中合わせに四つの机が並んだ状態。奥のふたつが空太と龍之介の席で、手前のひとつは伊織用のサウンドデスク。残ったひとつは助《すけ》っ人《と》のグラフィックスタッフを呼んだ際の予備だ。

　それぞれの席から振《ふ》り向いた部屋の中心には、小さなテーブルが用意してあって、いつでもミーティングができるようにしてある。伊織はそのテーブルに手を突いて、振り向いた空太の方へと身を乗り出してきていた。

「先輩、聞いてます!?」

　鼻息荒く、伊織が顔を近づけてくる。

「えっと、なんだって？」

確認中だった『リズムバトラーズ2』の企画書から視線を上げる。

「俺にキスを教えてください！」

殆《ほとん》どテーブルに乗っかっている伊織の顔は、もう空太の目の前だ。あと数センチで、キスだってできる距離。

当然、男とキスをする趣味はないので、空太は椅子《いす》の背もたれに逃《のが》れた。

「キスって、また急だな」

「急じゃないですよ。ここ一ヵ月くらいずっと考えてます！」

「なるほど、だから、上がってくる楽曲が最近ぐねぐねしてるんだな……」

伊織の作る曲は、伊織の精神状態に大きく左右される。前からずっとそうだ。

「ま、それはいいとして……悪いけど、キスのことで、俺に教えられることなんて何ひとつないぞ」

完全に聞く相手を間違えている。

話を切り上げるつもりで、空太は手元の企画書に視線を戻した。来年の春に予定している会社の設立。その最初のプロジェクトに据《す》える大事な企画だ。

『ゲームキャンプ』でお世話になった戸塚《とつか》や、色々と相談に乗ってくれている藤沢和希《ふじさわかずき》からのアドバイスを参考にして、一本目はある程度の売り上げを見込めるタイトルの商品化を目指すことにした。

本音としては新規タイトルを独自に起《た》ち上げたい。それを作るだけの運転資金は、『ゲームキャンプ』を通して発売した二タイトル分の収益でなんとか賄《まかな》えると思う。けど、一本外《はず》したらそれで終わりだ。次を作るだけの開発費はなくなって、会社はあっさり倒産してしまうだろう。

設立直後の小さなゲーム会社の場合、開発から販売までのすべてを一社で担《にな》うのは、資金的な面で現実的ではないのだ。開発以外に、宣伝や流通を担う人員も必要になる。

だから、そういう場合、大手パブリッシャーに企画をプレゼンして開発費を出してもらい、宣伝や販売に関する部分は任せる形を取る。空太《そらた》たちはデベロッパーとして、ゲーム開発に専念すればいい。

付き合いも長くなってきた戸塚《とつか》からは、

「リズムバトラーズの続編であれば、わが社で予算を付けられます」

と言ってもらえている。今はその方向で話を進めているのだ。

「空太《そらた》先輩《せんぱい》、聞いてます?」

バトルシステムの説明ページを読み返したところで、空太は再び伊織《いおり》を見た。いつの間にか、自分の席に座ってくるくると回っていた。

「俺たち、付き合いはじめて、もうすぐ四ヵ月になるんですよ」

伊織と栞奈《かんな》の交際がスタートしたのは八月。ピアノの全日本コンクール当日のことだったので、空太はよく覚えている。

「四ヵ月とくれば、そろそろキスをしてもいい頃だと思いませんか？」

「どうだろうな。そういうのに適切な期間があるのか、俺はよく知らないけど」

企画書は机の上に置いて、空太は伊織の相談に集中することにした。力になれる保証はまったくないが、伊織に話をやめるつもりはなさそうだったから……。

「空太先輩はどうだったんですか？　椎名《しいな》先輩といつどのタイミングでファーストキスしました？」

「え～っと、俺は……」

あれは、高校三年……修学旅行の最終日。函館《はこだて》の教会でましろからの告白に返事をしたとき……。伊織の質問に正しく答えるとすれば、想いを確かめ合い、付き合いはじめた直後……ということになる。

「……」

とてもじゃないが、本当のことは言えない。

「先輩？」

「あ、え～っと、あんまりよく覚えてないな」

「さすが空太先輩。大人《おとな》の階段を上ると、キスのことなんか忘れてしまうんですね！」

真実はまったく違うが、ごまかせたようなのでよしとしよう。あの瞬間《しゅんかん》のことは、あまり人に教えたくない。そういう大切な思い出だ。

「そんな恋愛マスターの空太《そらた》先輩《せんぱい》に、どうすればキスできるか教えてほしいんですよ」

「誰が恋愛マスターだって?」

そういうのは、過去、外泊の帝王《ていおう》として名を馳《は》せた仁《じん》にこそ相応《ふさわ》しい称号だ。今ではかわいいお嫁《よめ》さんまでもらっているのだし……。

「俺じゃ力になれないぞ」

「え~! じゃあ、ドラゴン先輩、お願いします!」

黙々《もくもく》と作業をしていた龍之介《りゅうのすけ》に話が飛び火する。

「くだらない話を僕に振《ふ》るな」

龍之介は背中を向けたままだ。二枚あるディスプレイには、ソースコードが羅列《られつ》されている。次々と新しいソースが書き出されていた。

「でも、ドラゴン先輩は、あのリタさんから何度もキスをされているらしいじゃないですかあ?」

「何度もされた覚えはない」

龍之介の声に不機嫌《ふきげん》な音が乗る。

「俺の知る限り、五回かな」

スイコー時代に二回。大学に入ってから三回だ。隙《すき》をつかれてリタに唇《くちびる》を奪《うば》われている。そのたびに気を失った龍之介を介抱《かいほう》するのは空太の役目だったので、嫌《いや》でも回数を記憶してしまう。

「どうすれば女子からキスしてもらえるか、教えてください!」

伊織《いおり》が龍之介の足にすがりつく。

「鬱陶《うっとう》しい! 神田《かんだ》、どうにかしろ!」

「どうにかって言われてもな」

やはり、この手のことで空太にアドバイスを求めるのは間違っている。そもそも、キスをするための必勝法があるとも思えない。相手が栞奈《かんな》であることを考えると、ますますわからなくなっていく。

「素直《すなお》に栞奈さんにお願いしたらどうだ?」

伊織の場合、それが一番のような気がする。というか、とっくにそれくらいのことは言っているんだと思っていた。

「一度、迫《せま》ったら、思い切り突き飛ばされました!」

「そうか……」

さすが伊織。すばらしいチャレンジ精神だ。

「その上、あいつ、後頭部を後ろの壁にぶつけて悶《もだ》える俺を、冷たい眼差《まなざ》しで見下ろしながら、『気持ち悪い』とか言ったんですよ!?」

栞奈《かんな》のその反応は、実際に見ていなくても頭の中にイメージできた。空太《そらた》も幾度となく蔑《さげす》んだような目で見られたものだ。あれはなかなか破壊力《はかい》がある。

「もうどうしろっていうんすか～？」

駄々《だだ》をこねるように、伊織《いおり》が床のカーペットに寝転《ねころ》がる。

「まあ、物事には順序ってものがあるからな。栞奈さんとはどこまで進んでるんだ？」

「いや、それが自分でもさっぱりわかりません！」

きっぱりと伊織が言い切る。

「手くらいは繋《つな》いだのか？」

「あ、それはあっさり。コンクールの日の帰りにいいか聞いたら、許してくれました」

「そうなのか？」

少し意外だった。勝手なイメージだが、栞奈はその辺に関しては潔癖《けっぺき》な印象を持っていたから……。

「そのあとも、周囲に誰もいなければ、手は繋いでもいいって言いますね」

とても仲良くやっているように聞こえるのは気のせいだろうか。

「それだったら、許してくれそうなもんだけどな」

「ですよね！」

がばっと伊織が上体を起こす。

「もう一度、迫ってみたらどうだ？」

付き合う前は、栞奈の控《ひか》えめな胸のことを冷やかしたり、太ももがいいとか面と向かって言ったり、胸を触らせてほしいとまで言っていた伊織だ。今さら躊躇《ためら》うこともないだろう。

「それができたら、相談しませんって！」

「そうなのか？」

「だって、もう一回拒絶されたら、俺、ショックで寝込みますよ？」

「それもそうか」

またダメだったときのことを考えると、確かに迂闊《うかつ》には踏み出せない。一回目以上に勇気がいるのはわかる。

「なんたって、キスですからね」

「そうだな」

「口と口ですよ？」

「わかってる」

「息って止めたほうがいいんですかね？」

なにやら話がずれはじめた。

「長さによるんじゃないか？」

「長さ!?　何秒くらいすればいいんすか!?」

「俺に聞かれても知らないって」

「経験者なんですから、もったいぶらずに教えてくださいよ～」

床に転《ころ》がったまま、伊織《いおり》が空太《そらた》の足に手を伸ばして、しがみ付いてきた。

「そんなの、そのときの空気によるだろ」

「俺が空気読めないの、空太先輩《せんぱい》だって知ってますよね!?」

どうやら、自覚はあったらしい。改善する気はなさそうだが……。

その後も、しばらくは「教えてくださいよ～」とか言いながら、空太の足に抱きついていた伊織だったが、少しするとそれにも飽きたのか、再び床のカーペットに寝転がった。仰向《あおむ》けになって、

「あ～、キスしたい。キスしたいな～」

などと言っている。

「神田《かんだ》、いい加減《かげん》、それを黙《だま》らせろ」

龍之介《りゅうのすけ》はいつも通り容赦《ようしゃ》がない。

「無理だと思うから、我慢《がまん》してくれ」

肩越しに振《ふ》り向いた龍之介は、露骨《ろこつ》にため息を吐《つ》いていた。

「あ、そうだ、空太先輩」

むくりと伊織が起き上がる。

ナギ

「俺からのアドバイスはもうないぞ」

「いえ、そうじゃなくて……たまにアイドルがプロ野球の試合で始球式するじゃないですか？」

「ああ、するな」

一体、何の話だろうか。

「翌日のスポーツ新聞の見出しに載《の》る『ノーバン始球式』って、『ノーパン始球式』に見えますよね！」

伊織《いおり》は大好きなおやつを前にした子供のように目を輝かせている。

「そうだな」

とりあえず、同意しておく。

「あと、最近考えるんですけど」

「まだあるのか」

「もし、バドミントンの選手で、金城《きんじょう》さんと玉木《たまき》さんがダブルスのペアを組んだら、どうなっちゃうんですかね？『キン×タマ』ペアですよ？ 前後入れ替えても、『タマ×キン』ペア！」

「たぶん、そうなることを見越して、金城さんと玉木さんは絶対にペアを組まないだろうから心配するな」

「それを聞いて安心しました」

本当に、伊織はほっと息を吐《は》き出している。

「よかったな」

「あ、もうひとつあるんすけど」

「なんだ？」

どうせまたしょうもない話だと思ったので、空太《そらた》は机の上の企画書に手を伸ばした。『2』から追加する予定の協力プレイに関する記述に目を落とす。

「ドラゴン先輩《せんぱい》も聞いてください！」

「……」

龍之介《りゅうのすけ》の返事はない。カタカタとキーボードを軽快に叩《たた》いている。

「スイコー卒業したら、俺、ここに住んでもいいっすか？」

「……」

空太は無言で企画書から顔を上げた。

「……」

龍之介の手もぴたりと止まっている。

「というか、四月から作る会社、俺も入れてくださいよ？」

作業をストップした龍之介が椅子《いす》を回転させて振《ふ》り向く。一瞬《いっしゅん》だけ空太と目が合った。その瞳《ひとみ》が語る意思は、確認するまでもなく理解できた。

だから、空太は、

「もちろん、歓迎するぞ」

と、はっきり答えた。

「反対する理由はない」

そう続けたのは龍之介《りゆうのすけ》だ。

「はあ〜、よかった〜。ダメって言われたらどうしようか思ってました〜」

安堵《あんど》の表現なのか、伊織《いおり》がカーペットの上をごろごろと転《ころ》がる。椅子《いす》の脚に腰《こし》をぶつけて、

「いてっ」と言っていた。

「なにやってんだか……」

呆《あき》れてそうもらす。企画書を机に戻そうとしたら、脇《わき》に置いてあったケータイが鳴った。

ディスプレイに表示された名前を見て、空太《そらた》は一瞬顔を顰《しか》めた。

よく知った名前。先ほども話題に出た人物。だけど、滅多《めった》に電話はかかってこない。

画面には『長谷栞奈《はせかんな》』と表示されていた。

「はい、神田《かんだ》です」

疑問に思いながら電話に出る。

「長谷、です……」

栞奈の声はどこか歯切れが悪い。

「うん……どうかした?」

「あのバカ、今日もそっちにいます？」

「伊織？」

「はい」

「いるよ。カーペットに寝転《ねころ》がって漫画《まんが》雑誌を読んでる」

開いているのは、ましろが連載《れんさい》している少女漫画誌だ。ちなみに、空太が毎月買っているものので、ここへ来ると伊織もよく読んでいる。

「あ、今、お菓子に手を伸ばした」

テーブルの上にあった煎餅《せんべい》を伊織は口に運んでいた。

「そこまで詳《くわ》しい情報は聞いてません」

「電話、代わろうか？」

口にしながらも、その必要はないのだろうと空太は気づいていた。伊織に用事があるのなら、最初から伊織に連絡をすればいい。ふたりは付き合っているのだ。ケータイ番号だってアドレスだって知っている。遠慮する必要はない。

「いえ、代わらなくていいです」

案《あん》の定《じょう》、栞奈の返事はNOだった。

「うん、それで？」

栞奈は何のために連絡をしてきたのだろうか。いまいち、それが伝わってこない。

「夕食、さくら荘《そう》に帰ってきてから食べるのか、空太《そらた》先輩《せんぱい》のところで食べるのか聞いてくれませんか？」

「いいけど……直接聞けばいいんじゃないの？」

栞奈《かんな》の真意を探《さぐ》るようにそう尋《たず》ねる。

「空太先輩から聞いてください」

その返事からは、わずかにぴりっとした空気を感じた。理由はわからないが、伊織《いおり》に対して、何か気に入らないことがあるのは間違いなさそうだ。機嫌《きげん》の悪いとき、人というのはなぜだか回りくどい態度を取る。

「ちょっと待ってね」

電話口にそう告《つ》げてから、空太は伊織に声をかけた。

「伊織、栞奈さんから電話なんだけど……今日の晩飯、どこで食べるかって」

「腹ペコなんで、ここで食べて帰ります」

「今日は帰って食べたらどうだ？」

栞奈はそれを望んでいるのではないだろうか。そうでなければ、わざわざ電話などかけてこない気がする。

「え〜、いいですよ。空太先輩の作るメシ美味《うま》いし」

伊織はあくまで無邪気《むじゃき》だ。空太の気遣《きづか》いに気づいてはくれない。

「いや、だからな、伊織……栞奈さんが俺に電話をしてきた理由を、少しは考えた方がいいと思うぞ」

「今日、土曜だし、ついでに泊まっていっちゃおうかな～」

能天気《のうてんき》に伊織はそんなことまで言っている。

仕方なく、空太は栞奈に残念な結果を伝えることにした。

「えっと、栞奈さん？」

「全部、聞こえてました」

「そっか……」

「空太先輩よりも料理が下手《へた》で悪かったわね、と伝えておいてください」

「あ、栞奈さん!?」

慌《あわ》てて呼びかける。だけど、耳に響いたのは、ぶちっという電話の切れる音。

「伊織」

ケータイを机に戻しながら声をかける。

「なんすか？」

「栞奈さんと何かあった？」

「だから、キスもなんもないんすよ～。さっきもその話ならしましたよね？」

「そうだったな……」

空太《そらた》は曖昧《あいまい》に返事をしながら、スイコー時代のことを少し思い出していた。ましろと付き合いはじめて間もなかった頃……。ましろも何かに気づいてほしそうな態度を取っていた時期があった。

「……」

席を立った空太は、夕飯の準備をしようとキッチンに向かう。

「要するに、『何もない』があるってことか」

玉ねぎの皮をむきながら、そんな言葉が自然と零《こぼ》れていた。

2

高校生活三度目の冬。スイコーで過ごす最後の十二月。

授業が終わると、栞奈《かんな》はひとりで商店街へ買い物に来ていた。

本当は伊織《いおり》と一緒《いっしょ》に来るつもりでいたのだが、帰りがけに声をかけたら、

「あ、俺、真っ直ぐ空太先輩《せんぱい》んち行くから。飯も食ってから帰ると思う」

と、誘《さそ》いを口にする前にそう言われてしまった。

「はいよ、栞奈ちゃん。ブリの切り身がふた切れ」

「ありがとうございます」

魚屋のおじさんから、お金と引き換えにビニール袋を受け取る。

「あら、ふた切れだけですか？」

声と共に横から栞奈の手元を覗《のぞ》き込んできたのは、金髪に青い瞳《ひとみ》をした美人。イギリスからの留学生であるリタ・エインズワースだ。

「いらっしゃい。リタちゃんは今日も美人だね〜」

「ふふっ、ありがとうございます」

おじさんの挨拶《あいさつ》を輝くような笑顔で受け取っている。かと思ったら、すぐに栞奈の手元に視線を戻してきた。

「ダイエットでもしているんですか？」

「今日は、千尋《ちひろ》先生は外で食べてくるそうですから」

「それでも、栞奈と優子《ゆうこ》と伊織……ひとり分足りませんよね？」

「あのバカは、今日も空太先輩のところです」

抑《おさ》えたつもりが、自分でもわかるくらい刺々《とげとげ》しい口調になっていた。その辺を敏感に察知するリタが、栞奈の不満を見逃《みのが》してくれるはずがない。

「なるほど」

すべてを見透《みす》かしたかのように、リタは喉《のど》の奥でくすりと笑った。

「たいしたことではありませんから」

　これでは言い訳をしているのと同じだ。

「ということは、今晩は栞奈《かんな》と優子《ゆうこ》のふたりきりですよね？」

「そうです」

「でしたら、ウチに来ませんか？　先ほど大学で美咲《みさき》と会って、一緒《いっしょ》に夕飯を食べることになっていますので」

「神田《かんだ》さんに聞いてみないと……」

　優子は掃除当番のため、少し帰りが遅れている。

　栞奈のわずかな躊躇《ためら》いを知ってか知らずか、リタはケータイを耳に当てていた。

　電話の相手は聞かなくてもわかる。優子だ。

　美咲もそうなのだが、思い立ってからの行動の早さには、付き合いの長くなった今でも面食《めんく》らう。栞奈だったら、動く前に色々と考えて、気にして、結局、やめてしまうことの方が多いのに……。

「優子もいいそうですよ」

　電話を終えたリタは満面の笑みを向けてきた。こうなっては逆らえない。

「では、行きましょうか」

「はい……」

　今さら断《ことわ》ることもできずに、栞奈はそう返事をするしかなかった。

リタに連れてこられたのは、さくら荘《そう》から歩いて五分ほどの距離にある七階建てのマンションだ。建設から十年が経過しているはずだが、外観や内装は綺麗《きれい》な状態を保っている。

リタがましろと暮らしているのは五階。

「どうぞ、あがってください」

「お邪魔《じゃま》します」

いい香りのする玄関で靴を脱いで、リビングに通される。三匹の猫がじゃれ合って遊んでいた。

間取りは2LDK。

「適当に座ってください」

言われるまま、ソファに腰《こし》を下ろす。

大きな窓から明るい光が差し込む整頓《せいとん》された室内には、シンプルなデザインの家具が並んでいた。壁には、はがきサイズの絵が三枚飾られている。

「ああ、それですか？　ましろが暇潰《ひまつぶ》しに描いたものですよ」

対面型のキッチンの奥でお茶を入れながら、リタが教えてくれた。

三枚とも猫を描いたもの。今もリビングの隅《すみ》っこでじゃれ合っている三匹の猫。スイコーを卒業する際に、空太《そらた》から引き取った、みずほ、つばめ、さくらの三匹。

「……」

絵の感想としては、上手《うま》い以外の言葉が出てこない。本物以上に本物を感じる絵。これを暇《ひま》潰《つぶ》しで描いてしまうのだから、ましろの絵の才能は、やはり普通ではないのだろう。

「どうぞ」

「あ、すいません」

差し出されたお茶を見て、手伝うべきだったことに栞奈《かんな》は気づいた。

「いいんですよ、栞奈はお客さんなんですから」

「すいません……」

どう返事をすればいいかわからずに、栞奈は同じ言葉を繰り返した。リタのきらきらした笑顔を向けられると、なんだか緊張してしまう。

お茶を口に含みつつ、室内をなんとなく見回した。ソファの正面に、四十インチくらいのTVがある。その脇《わき》には、据《す》え置き型のゲーム機が置いてあった。『リズムバトラーズ』のパッケージもある。

「ゲームで遊んだりするんですね」

リタがさくら荘《そう》に住んでいた頃、空太《そらた》の部屋で遊んでいる姿は何度か目撃《もくげき》したことはある。でも、自分で買ってまで遊ぶとは思っていなかった。

「ああ、それ、ましろのですよ」

「え？」

それこそ意外だったので、思わず驚きが声になった。

「時々、原稿が終わったあとなんかに遊んでるんです。たぶん、ましろなりに空太のことを応援してるんだと思います」

「……」

こんなときは何を言うべきなのだろう。

正解が見つけられず、栞奈は少し間を空けてから、そのましろのことを聞いた。

「椎名《しいな》先輩《せんぱい》は、部屋でお仕事ですか？」

リビングの壁にふたつ並んだドア。それぞれのドアには、さくら荘に住んでいた頃に使っていた、ましろとリタのネームプレートがかけられていた。

「あ、話していませんでしたっけ」

「何をですか？」

「ましろ、三カ月前から、仕事用の部屋は別に借りているんですよ」

「え？　ここからひとりで通っているんですか？」

「はい。とは言っても、ここの真上なんですけど」

リタが悪戯《いたずら》っぽく天井《てんじょう》を指差す。

「上は一部屋少ない1LDKで、そこにアシスタントさんふたりを呼んでいるんです」

「アシスタント?」

それも初耳だ。ずっとひとりで描いているのだと思っていた。あの浮世離れした性格もそうだが、天才画家とまで言われたましろのアシスタントが、常人《じょうじん》に務《つと》まるとは到底《とうてい》思えない。いくら絵が上手《うま》くても、ましろが相手では差が出てしまう。そうなっては、漫画《まんが》としてのクオリティを一定に保てなくなってしまうのではないだろうか。

「まあ、アシスタントさんというのは、殆《ほとん》ど便宜《べんぎ》上の呼び名みたいですけどね」

「どういう意味ですか?」

「ましろのところに来ているのは、ふたりとも漫画家志望の子なんです。そういう子がデビューが決まるまで、漫画家さんのもとでアシスタントとして経験を積むのは普通のことらしいんです。それで『椎名《しいな》ましろさんのところでアシスタントの募集はしてないんですか?』という問い合わせがたくさんあったらしくて……担当編集の綾乃《あやの》さんが、ましろに相談してきたのが切《き》っ掛《か》けなんですけど」

要するに、ましろのもとで修行をしたいという人がたくさんいて、その一部を引き受けたということのようだ。

「でも、よく椎名先輩《せんぱい》が引き受けましたね」

「ましろなりに、何か心境の変化があったんだと思います」

曖昧《あいまい》に笑うリタの瞳《ひとみ》には、わずかな困惑《こんわく》が混ざっていた。だから、その『心境の変化』がどこから来たものなのか、栞奈《かんな》はすぐに理解した。スイコーで過ごした日々。その中で出会った人々。一度は結ばれたものの、結果、別れを選んだ相手もいる……。今という時間は、あの当時からずっと続いてきた先にあるのだ。

わずかに訪れた沈黙《ちんもく》を埋めるように、インターフォンの音が部屋に響いた。

訪ねて来たのは食材を両手に抱《かか》えた美咲《みさき》と優子《ゆうこ》だ。

「きたよ～、リタさん！」

優子がどんと食材をテーブルに置く。

「はい、ご苦労さまです。あ、それで、七海《ななみ》はどうでした？」

「今日はバイトだから来られないって」

教えてくれたのは美咲だ。

「それは残念ですね」

「あれ～、ましろさんはまだ仕事？」

優子は堂々とましろの寝室のドアを開けている。誰もいない部屋を覗《のぞ》き込んでいた。

「一時間もすれば、一度、戻ってくると思いますよ」

「よ～し、じゃあ、それまではゲーム大会だ！　負けた人は好きな人の名前を発表するっていうルールね！」

ゲーム大会の開始から約一時間が経《た》った頃、玄関が無言で開き、ましろが帰ってきた。上の階から下りてきただけなので、帰ってきたという印象は薄かったが……。

「あ、ましろさん、おかえり！」

「ただいま」

ましろがリビングに入ってくると、三匹の猫《ねこ》たちが一斉《いっせい》に足元に群《むら》がっていく。猫たちを引き連れたましろは、キッチンの脇《わき》に移動してカリカリをお皿に入れていた。夢中になった猫たちがカリカリを頬張《ほおば》る。その背中を、ましろが一匹ずつやさしく撫《な》でていた。

「ましろ、仕事はもう終わったんですか？」

「まだ」

だとしたら、どうしてましろは部屋に戻ってきたのだろうか。その答えは、ましろ自身の口からすぐに語られた。

「ご飯あげたから、もう戻るわ」

どうやら、猫のお世話はましろの役目のようだ。そして、それをきちんとこなしているように見える。さくら荘《そう》に住んでいた頃の生活破綻《はたん》者っぷりを知っていると、その事実は正直信じがたいものがあったが……。

「ありゃ〜、そうなんだ」

美咲《みさき》が残念そうな声を出す。その目は、ダイニングテーブルの上に用意された鍋《なべ》へと向かっていた。

「先に食べてて」

立ち上がったましろは、仕事場に戻ろうとリビングを出て行く。

「あ、ましろさん、待って！」

すぐに優子《ゆうこ》が追いかけた。

「なに？」

「先生の仕事場を見学させてください！」

「特別よ」

「やった～！　ほら、早く行こう、ましろさん！」

ましろの背中を押して、優子は外へと出て行ってしまう。

仕事の邪魔《じゃま》になるのでは……と指摘するヒマもなかった。

「ましろも、ああ言ってましたし、先にはじめましょうか」

「私、椎名《しいな》先輩《せんぱい》の仕事が終わるまで……」

待ちます……と続けるつもりだったが、途中でお腹がぐうと悲鳴を上げて、栞奈《かんな》は最後まで言うことができなかった。

「待ちます？」

意地悪くリタが俯《うつむ》いた栞奈の顔を覗《のぞ》き込んでくる。

なことなのだ。

「人間、素直《すなお》が一番だぞ、ノーパン！」

本当にその通りだと思う。思うけど、素直になるということは、栞奈《かんな》にとって何よりも苦手《にがて》

「いえ……」

十分後、栞奈、美咲《みさき》、リタの三人は、ダイニングテーブルの上でぐつぐつと音を立てる鍋《なべ》を囲んでいた。

優子《ゆうこ》はまだましろの仕事場から戻ってきていない。

「神田《かんだ》さん、迷惑《めいわく》をかけてなければいいけど……」

そう口にしながら、それは無理だろうなと栞奈は思っていた。きっと、迷惑をかけている。

かけているけど、ましろはそれを迷惑だと思っていない。そんな状況が容易に想像できた。

「優子の心配はいいとして……栞奈はどうなんですか？」

「どうって……」

「もちろん、伊織《いおり》のことですよ？」

「別に普通です」

今さらのように、今日、ここへ誘《さそ》われた理由を思い出した。

「でも、商店街で会ったときには、いつも帰りが遅い旦那《だんな》さんに苛立《いらだ》ちを隠《かく》しきれなくなって

いる新妻《にいづま》のような顔をしていたではありませんか」

「そ、そんな顔してません」

あまりに的確な指摘に、声が裏返《うらがえ》ってしまった。

「私の見間違いでしょうか？」

「そうです。だ、だいたい、どんな顔ですか、それは」

少し拗《す》ねたように反論すると、

「まさにそんな顔だぞ、ノーパン！」

と美咲にびしっと指を差された。

ＴＶの黒い画面を鏡の代わりにして確認すると、ふてくされたような自分がそこにいた。確かに『まさにそんな顔』をしている。これでは、リタと美咲の言い分を否定できない。

「……してたら、ダメですか」

ごまかすのは諦《あきら》めて、開き直るようにそう呟《つぶや》く。

「この一ヵ月くらい、放課後は毎日なんです。空太《そらた》先輩《せんぱい》のところに行くなとは言いませんし、そんなこと言えませんけど……その、なんていうか……」

決定的な言葉は恥《は》ずかしくて声にならない。

「『もうちょっと私に構ってほしい』と栞奈《かんな》は言いたいんですね」

図星を指され、一瞬《いっしゅん》で顔が赤くなる。

リタには栞奈《かんな》の心が読めるのだろうか。

「ち、違います！」

反射的に否定する。でも、それがこの場合は間違いだった。

「さては『もっと私に構ってほしい』だな、ノーパン！」

美咲《みさき》にそう訂正されてしまった。

「ああ、なるほど。栞奈は独占欲が強そうですもんね」

ここまでストレートに言われたら、もう縮こまるしかない。

「いけませんか？」

完全に声はふてくされている。もはや、取り繕《つくろ》おうという気すら起きない。

「かわいいぞ、ノーパン！」

美咲が横から抱きついてくる。

「きゃあっ！」

突然のことだったので、悲鳴が飛び出した。まるで女の子のような悲鳴。それがまた恥《は》ずかしさを増幅《ぞうふく》させる。

「なんか、納得いかないんです」

言い訳するように、言葉を吐《は》き出す。

「最初は向こうが、その……好きになってくれたのに……。今は私の方が好きな気がして……」

「ふむふむ」

美咲とリタは熱心に話を聞いている。

「あまり、関係も進展していないような気もして……」

「栞奈は不安なんですね」

「あの、付き合いはじめて四ヵ月だと、どのくらいだと思いますか？」

「それは、恋の進展具合の話ですか？」

リタの確認に、栞奈は俯《うつむ》いたまま頷《うなず》いた。とてもじゃないが顔は上げられない。耳まで真っ赤になっていた。

「た、たとえばですけど、キスは付き合ってどれくらいでするのかと思って……」

「私の場合、龍之介《りゅうのすけ》とお付き合いはしていませんが、キスはもう経験済みですよ？」

さすが英国美女。キスに対する考え方が根本から栞奈とは違っているようだ。ちょっと参考にならない。

「美咲はどうですか？」

リタが美咲に水を向ける。

「あたしは婚姻届《こんいんとどけ》を出して、一週間後だね！」

こちらはこちらで色々とずれている。

聞く相手を完全に間違えていたことに、栞奈は今さらのように気づいた。

「つまり、栞奈《かんな》は伊織《いおり》とキスをしたいんですね」

「ち、違います！」

「違わない！」

間髪《かんはつ》入れずに、美咲《みさき》に否定されてしまった。

「その……したいか、したくないかではなくて、私たち付き合いはじめてそろそろ四ヵ月になるので、そういうことがないのは、どうなんだろうと思っているだけです」

「おっぱいおっぱい言っているのに、いおりんってば奥手さんなんだね～」

「いえ、前に一度、迫られたことはあるんですけど……」

「けど？」

ふたりの疑問が重なる。

「突然だったので、思わず突き飛ばしてしまって……それ以来はないんです」

嫌《いや》だったとかではない。本当に、単にびっくりしてしまったのだ。なんでもない日だったし、デートの帰りでもなかった。寝る前にさくら荘《そう》のダイニングで何気ない話をしていて、そろそろ寝ようかと思って立ち上がった瞬間《しゅんかん》……。心の準備は何もできていなかった。

「あちゃ～」

美咲が残念そうに声を出す。

「栞奈、それはダメですよ」

リタの意見に美咲はうんうんと頷《うなず》いている。

「そのときの拒まれた記憶が邪魔《じゃま》をして、伊織《いおり》からもう一度迫《せま》るのは、相当勇気がいると思います」

「そうだね～」

「……それは、わかりますけど」

「だから、ここはノーパンからいおりんの唇《くちびる》を奪《うば》うしかないぞ！」

びしっとカニの足を美咲が突きつけてくる。

「わ、私からなんて絶対にできません！」

「いや、ノーパンならできる！」

美咲が力強く後押しをしてきた。それでも、栞奈はしゅんとなって、

「無理なんです」

と呟《つぶや》いた。

「どうしてですか？」

「それは……」

「それは？」

リタと美咲が身を乗り出してくる。

「私の身長だと、爪先立《つまさきだ》ちになっても届かないんです」

小声でぽつりと呟《つぶや》く。

背の高い伊織《いおり》との身長差では、精一杯《せいいっぱい》がんばってもあと十センチは足りない。

リタと美咲《みさき》は顔を見合わせてきょとんとしていた。頭の回転が速いふたりにしては、とても珍しい表情だ。

でも、一秒後には理解が追いついたらしく、声を上げて笑い出した。

「わ、笑うなんて酷《ひど》いです」

強がって美咲とリタを睨《にら》みつける。

「ノープロブレムだぞ、ノーパン！　あたしも爪先立《つまさきだ》ちじゃ、仁《じん》の唇《くちびる》まで届かないけど、首にしがみ付いちゃえばいいんだも～ん！」

「そ、それこそできません！」

活発で明るい美咲がするのならとてもかわいらしい行為だと思う。でも、栞奈《かんな》がそんなことをしようものなら、伊織から「なんだ、首を絞《し》める気か？」と言われそうだ。

「でしたら、伊織が座っているときにすればいいじゃないですか」

もっともらしい意見を口にしたのはリタだ。

「それはそうなんですけど……」

歯切れ悪く栞奈は口籠《くちご》もる。

その反応を不思議《ふしぎ》に思ったらしく、リタと美咲が首を傾《かし》げる。でも、すぐに「あっ」とふたり一緒《いっしょ》に声を出す。何か思い当たったようだ。

「なるほど、そういうことですか」

「ノーパンは乙女だね！」

「な、なんのことですか？」

ふたりの生温かい視線はなんとも居心地《いごこち》が悪い。さすがに、今回は本心を察知されてはいないと思うが……。

「ファーストキスは、爪先立ちになってするのが栞奈の理想なんですね」

「う……」

ここまで来ると本当に心を読まれているんじゃないかと疑いたくなる。もはや、「違う」とも言えず、栞奈は顔を真っ赤にして俯《うつむ》くしかなかった。

「となると、シチュエーションは下校中だね！」

「いいですね！　いいですね！」

ふたりでなにやら盛り上がっている。

「もうすぐ、さくら荘《そう》ってところで、急に立ち止まるいおりん！」

「少し遅れて気づいた栞奈が、『どうしたの？』と、振《ふ》り返るんですね」

「『いや、その、あのさ……』と、なかなか言い出せないいおりんにノーパンの方から近づいていって！」

「『もう、しょうがないわね』とか言いながら、栞奈からキスするんですね！」

「わ、私はそんなこと考えてません！」

止めないと、とんでもないところまでふたりは行きそうだ。

「じゃあ、どんなことなら考えているんですか？」

意地の悪いカウンターをリタが放ってきた。

「言いません、絶対に」

平常心を装《よそお》ってそう返す。

「言わないということは、つまり、栞奈《かんな》には詳細《しょうさい》な理想があるということですよね？」

墓穴《ぼけつ》を掘ったことに気づいたところでもう遅い。すべて手遅れだ。

「叶《かな》うといいですね、その理想が」

「あたしが応援しているぞ！」

「も、もうこの話は終わりです！」

こうして、女子だけの長い夜は、まだまだ続いていくのだった。

3

今年も残すところ一ヵ月を切り、すっかり冬の景色に変わった大学内を、七海《ななみ》はひとりで歩いていた。午後の講義がはじまったばかりのこの時間、周囲に学生の姿はまばらだった。

学食へと向かう途中、展示ロビーの前を通りがかる。その足は、何かに気づいて自然に止まった。

横目に見知った後ろ姿が映ったような気がしたのだ。

自動ドアのガラスを隔てた建物の中をそれとなく覗《のぞ》き込む。

思った通り、ひとりの男子学生の背中を見つけた。

空太《そらた》だ。

正面の壁に飾られた一枚の絵の前に立っている。スイコー時代にましろが授業中に描いた作品。大学側に頼まれて寄贈したものが、今も飾られている。

「……」

こうして、この場所で空太の後ろ姿を見かけるのは、これで何度目だろうか。きちんと数えてはいないけど、大学二年の今日までに、少なくとも五回は目撃《もくげき》していると思う。

その都度《つど》、七海は声をかけることなく、この場を立ち去っていた。

「……もういいかな」

無意識にそんな言葉が音になる。すると、七海の足は展示ロビーの中へと向いた。自動ドアの前に立ち、完全に開くのを待ってから中に入った。

空太の隣《となり》に並ぶ。まだ気づかれてはいない。空太はじっと絵を眺《なが》めたままだ。

「綺麗《きれい》な絵だよね」

声をかけると、空太《そらた》はぎょっとした様子で目を見開いて七海《ななみ》を見た。でも、すぐに正面に向き直り、

「そうだな」

と、少し居心地《いごこち》の悪そうな笑みを浮かべる。

「何度か来てるでしょ」

「え？」

「前にも神田《かんだ》君がいるのを見かけたから」

「あ、そういうことか」

納得した空太は、ばつが悪い顔をしていた。きっと、ここに来ていることは誰にも知られたくなかったのだ。

「見てたなら、声かけてくれたらよかったのに」

ごまかすように、そう付け足してきた。

「邪魔《じゃま》をしたら悪いかと思って」

「知らないうちに目撃《もくげき》されてたって事実よりは、よっぽどましなんだけど」

言い訳めいた言葉は、空太がここへ足を運んでいる理由を如実《にょじつ》に物語っていた。

ましろに会いに来ているのだ。

「会いたいなら、会えばいいのに」

「そうだよな」

肯定《こうてい》しながらも、空太の声に強い意思は感じない。ただ返事をしただけといった印象。積極的に会おうという気持ちはないのだと思う。別に意地になって会わないわけでもなければ、会わないと決めているわけでもないのだと思う。どこかで偶然遭遇《そうぐう》したら、そのときはそれでいいというくらいの感じ。

空太の中にあるましろへの『会いたい』という感情は、『今すぐ会いたい』という強い衝動《しょうどう》のようなものとは、まったく違うのだと七海は感じていた。もっと心の奥の方にあって、体をほんのりとあたたかくしてくれるような感情……。燃え盛るような激しさではなくて、穏《おだ》やかな水面を思わせるとても大きな想い。

たぶん、それを人は愛と呼ぶのだと思う。

別れてなお、空太はましろが大切なのだ。別れてからも、ましろへの想いは強くなっているように七海には思えた。

スイコー時代の幼かった感情は、確実に落ち着きと深みを持ったやさしさへと成長していっている。

ましろの絵を見つめる横顔は、あの当時よりも確かに大人《おとな》っぽくなった。年齢を重ねたからじゃない。経験を重ねたから空太は成長したのだ。

そういう空太《そらた》を好きになってよかったと思う。

心からそう思う。

結ばれることはなかったけど、ものすごくいい恋愛をしたのだと、今なら自信を持って言える気がした。

「青山《あおやま》、このあとは？　午後も講義？」

「ううん。少し遅いけど学食でお昼食べて、そのあとはバイト」

「俺、赤坂《あかさか》と学食で待ち合わせしてるから一緒《いっしょ》に来る？　リタもいると思う」

「なら、そうしようかな」

「んじゃ、行こう」

歩き出した空太の隣《となり》に並んで、七海《ななみ》は展示ロビーをあとにした。


「空太、七海、ここです！」

学食に入るなり、日当たりのいい窓際《まどぎわ》の席から声をかけられた。

「ここです！　ここ！」

両手を振《ふ》って、リタが存在をアピールしている。

午後の講義がはじまっているこの時間、学食の席は二割程度しか埋まっていない。だから、すぐにリタを見つけることができた。その隣には、仏頂面《ぶっちょうづら》の龍之介《りゅうのすけ》が座っていて、黙々《もくもく》とトマトをかじっている。

頼んだ肉うどんと揚《あ》げ餅《もち》うどんを、空太《そらた》と七海《ななみ》はそれぞれトレイに載《の》せて、リタと龍之介《りゅうのすけ》が待つテーブルに持って行った。龍之介の前に空太が座り、七海がリタの前だ。

「リタさん、この前は行けなくてごめん」

「いえ、アルバイトでは仕方ありません」

「何の話?」

うどんをすすりながら、空太が聞いてきた。

「先日、美咲《みさき》や栞奈《かんな》を呼んで、ウチでご飯を食べたんです」

「それに私が行けなくて」

「ああ、そういや、優子が昨日遊びに来たときになんか言ってたな」

うどんに七味を振《ふ》る空太の横顔を、七海はそっと盗み見ていた。集まったのはリタの部屋。つまり、ましろの部屋でもある。当然、そのことを空太は知っている。なのに、空太の顔色に変化はなかった。

「ん? なに?」

じっと見過ぎたせいか、空太が顔を向けてくる。

「なんでもない」

そう言って、七海は揚げ餅にかぶりついた。空太は、「そっか」とだけ言って、特に言及はしてこなかった。

「神田《かんだ》、先に用件を済ませろ」

「ん？　ああ、そうだな」

龍之介の指摘を受け、空太が鞄《かばん》からＡ４のファイルをさっと取り出す。中には五枚程度の用紙が挟《はさ》まっていて、それをリタに見せるようにテーブルに広げた。

ぱっと見で、ゲームの企画書だとわかった。以前、空太が作ったものを何度か見たことがある。ただ、どう見ても途中段階。説明用の絵は、お世辞にも上手《うま》いとは言えない『（仮）』のが貼《は》り付けられている。線はくねくねしていて、何を表現しているのかわからなかった。

そのひとつひとつの絵を空太は指で差しながら、リタにどういった意図の絵が必要なのかを熱心に説明していく。

どうやら、企画書用の絵素材《そざい》をリタに発注しているようだ。

リタはもらった用紙の空欄《くうらん》に、赤ペンでメモを取ったり、その場で簡単なラフを描いて「こんな感じで大丈夫ですか？」と確認を行ったりしていた。

「全部で五枚分……二十四日までに揃《そろ》うとありがたい。今年中に、一度戸塚《とつか》さんに見てもらって、年明け早々には打ち合わせをしたいからさ。いけそうかな？」

「二十四日ですか……」

リタの声は、残念そうに沈んでいる。

「できれば、その日はデートをしたいんですよね」

ちらりと龍之介《りゅうのすけ》に視線が送られる。でも、すぐにリタは空太に向き直っていた。

「大学で知り合った美術学部の友人は、みんな彼氏と約束があるそうです。私だけなんですよ？彼氏もいなければ、クリスマスにデートの約束すらないのなんて。酷《ひど》いと思いませんか？」

ずいっと身を乗り出して、リタが空太《そらた》と七海《ななみ》に訴《うった》えかけてくる。

隣《となり》に座った龍之介は気にした様子もなく……いや、少しだけ嫌《いや》なそうな顔でトマトを頬張《ほおば》っていた。

「その話は、二十四日までに素材《そざい》データを上げることと、何の関係がある？」

「七海は、楽しみな約束があると、その日までがんばろうという気持ちになったりすることはありませんか？」

龍之介に直接言えばいいのに、リタはわざとらしく七海に話しかけてくる。

「まあ、そういうことはよくあるかな」

何かひとつでもいいことがあれば、他のこともがんばれたりする。

「だったら、彼氏を作るなり、デートの約束をするなり好きにすればいいだろう。留学娘がその気になれば、簡単な話のはずだ」

「七海は、好きでもない人と付き合ったりしませんよね？」

「うん」

「好きでもない人とデートもしませんよね？」

どうやら、龍之介に直接意見を言う気はないようだ。

「そうだね」

もはや苦笑《にがわら》いしか出てこなかった。

「イブの日にやるという合コンのお誘《さそ》いはいくつか受けたんですけどね」

笑顔のリタは、なおも龍之介に視線を向けなかった。あくまで七海と話しているという態度を崩《くず》さない。この辺は役者が違うなあと思う。見事に龍之介を振《ふ》り回している。とても七海には真似《まね》のできない芸当だ。

「神田《かんだ》、どうにかしろ」

明らかに苛立《いらだ》った龍之介が空太に助けを求める。だけど、空太は、

「俺じゃ、無理」

と、あっさり突き返した。

龍之介はしばらく考えたあとで、渋々《しぶしぶ》といった様子で口を開いた。

「行く気なのか？」

「はい？」

リタが惚《とぼ》ける。

「合コンだ」

「龍之介《りゅうのすけ》の口からその単語が出るとは意外ですね」

「余計《よけい》な感想はいい」

「やっぱり、気になりますか？」

「当然だ」

ぱっとリタの表情が明るくなる。それを見て、リタは本当に龍之介のことが好きなのだと、七海《ななみ》は今さらのように実感した。

「本当ですか？」

「今年中に、試作版に使う３Ｄモデルが必要だという話を、神田《かんだ》が来る前にしたはずだ。くだらないイベントに作業時間を取られるのは納得できない」

「……そんなことだろうと思いました」

落胆《らくたん》のため息をリタがもらす。

「安心してください。合コンには行きません。お誘《さそ》いはもう断《ことわ》ってますから」

「そうか」

「はい。正直、よく知らない男の子といるよりも、イブの夜は龍之介と過ごしたいですし。家に行ってもいいですよね？」

「グラフィックデータを作りに来る分には反対しない」

味気ない龍之介の返事に、リタは頬《ほお》を膨《ふく》らませる。頬杖《づえ》を突いて七海の方を向くと、

「気分くらい出してくれてもいいと思いませんか？」

と、同意を求めてきた。

「赤坂《あかさか》君にそれを期待するのは難しいんじゃないかな」

「そんなにクリスマス気分を堪能《たんのう》したいのなら、当日は神田がケーキくらい用意してくれるだろう」

「は？　俺!?」

うどんを平らげることに集中していた空太《そらた》が不満そうな声を出す。

「わかりました。空太の買ってくるケーキで我慢します」

「お前ら、実はデキてるだろ……」

げんなりしながら、うどんの汁を飲み干していた。

「クリスマス、七海はどうするんですか？」

「予定がないなら、ケーキ食べにくるか？」

「あ、それいいですね。美咲《みさき》は前日から大阪《おおさか》に行くと言ってましたし、栞奈《かんな》は伊織《いおり》とデートでしょうし、ましろは出版社の忘年会でいませんからね。予定がなければぜひ」

「あ、その日はちょっと……」

「もしかして、デートの約束ですか？」

言いよどんだ七海に、リタが食いついてくる。

「誰ですか？　演劇学部の人ですか？」

「ううん、そういうのじゃなくて……お父さんが来ることになってるの」

「え？」

空太《そらた》の驚きにはわずかな緊張が乗っている。七海《ななみ》を見る目には、心配するようなやさしさが宿っていた。声優を目指すことを、以前は父親に反対されていたことを知っているがゆえの反応だった。

「違う違う！　そういうのでもなくて……翌日に、事務所の説明会があって」

「説明会？」

空太とリタが首を傾《かし》げる。タブレットPCを見ていた龍之介《りゅうのすけ》も、わずかに視線を上げた。

「私もどういう話を聞かされるのかまだよく知らないんだけど、主に家族に対しての説明会でね……声優事務所がどういう場所なのかと、業界自体がどういう場所なのかと、お仕事の内容なんかを細かく話して、理解してもらうためのものだって聞いている。ほら、私は今年二十歳になったけど、未成年の子も多くいるから、家族に理解してもらった上で活動する……というのが前提になってるんだって」

最初は、きょとんとしていた空太だったが、話が進むうちに難しい顔をして、「ん？」と考え込んでいた。それでも、何か思い当たるところがあったのか、確かめるような口調で、

「その説明会に、青山《あおやま》とお父さんが出るんだよな？」

と聞いてきた。

「うん……ちゃんと決まってから言おうと思ってたんだけど、実は『預かり所属』って形で、事務所に取ってもらえることになって……」

「それはつまり、合格ってことでいいんだよな？」

興奮を抑えるような声。前に飛び出そうとする勢いを必死に押しとどめている感じがした。

その大きな感情のうねりは、七海の「うん」という頷《うなず》きを切《き》っ掛《か》けに一気に解放される。

「やったな、青山！」

空太が興奮した様子で立ち上がる。周囲にいた学生が、突然の大声を聞いて怪訝《けげん》な顔をしていた。

「よかった、ほんとよかったな！　すげえよ、青山！」

「お、大げさだって、神田《かんだ》君」

「そんなことないって、ほんとすげえよ。やべ、なんか涙《なみだ》出てきた！」

空太の目には本当に涙の粒《つぶ》が溜《た》まっている。それがぼたぼたとテーブルの上に落ちた。

「早く言ってくれたらよかったのに」

「ごめん。ちゃんと説明会も終わってから言うつもりだったの」

「いや～、でも、ほんとよかった。めちゃくちゃうれしいな！」

「神田は、はしゃぎすぎだ」

「なんだか、空太《そらた》が受かったみたいな喜び方ですね」

本当にその通りだ。こんなに喜んでくれるなんて想像していなかった。こんなことならもっと早くに言えばよかった。

「こうしちゃいられない。お祝いしないと！　今日は……って、青山《あおやま》、このあとバイトか。夜遅いのか？」

「ごめん。今日は厳しいと思う。あ、時間……そろそろ行かないと」

鞄《かばん》を肩にかけて席を立つ。トレイを持ち上げた。

「では、お祝い鍋《なべ》パーティーは日を改めてやりましょう」

「美咲先輩《みさきせんぱい》に、花火とかは打ち上げないように言っておいてね」

「言うだけは言っておくよ」

空太の苦笑《にがわら》いに見送られ、七海はトレイを返却口に戻して学食を出た。

並木道を正門に向けて歩き出す。その足は軽やかだ。

今さらのように、ひとつ大きなハードルを飛び越えられたのだという実感が押し寄せてきた。でも、足をついたこの場所は、新しいスタート地点でもある。事務所の合格をもらうために、今日までがんばってきたのは事実だけど、ここがゴールというわけではない。

これから、色々な役に出会っていきたい。演じながら自分を成長させていきたい。今はその目標を叶《かな》えるための最初のステップを越えたところ。やっとチャンスを摑《つか》むことができたのだ。

そのことの意味の大きさは、先ほどの空太の喜びが教えてくれた気がした。
だからこそ、こう思う。
——これからもがんばって行こう
前を向いた七海の視界には、青い空がどこまでも続いていた。

4

今年最後の大学の講義も終わった十二月二十四日。

世に言うクリスマスイブ。

リタは企画書用の素材データの納品と、試作版用のグラフィックデータを作るという名目で、空太と龍之介《りゅうのすけ》が住む大学近くの古い一戸建てを訪問していた。

木造の家屋は、どことなくさくら荘《そう》を彷彿《ほうふつ》とさせる。板張りの階段など、だいぶ似ているとリタは思っていた。なんとなくふたりがこの家を選んだ理由はわかる気がした。

空《あ》いているパソコンを一台借りて、黙々《もくもく》と作業を進める。時間はあっという間に過ぎて、昼過ぎからはじめたのに、もう夜の十時になっていた。一度、食事休憩を挟《はさ》んで、食後にケーキを食べた以外は、殆《ほとん》どぶっ続けでモデリング作業をこなした。

おかげで、龍之介《りゅうのすけ》に頼まれていた試作版用の素材《そざい》は揃《そろ》った。

今、龍之介《りゅうのすけ》に確認をしてもらっているところだ。

「どうですか？」

「問題ない」

画面に表示されたキャラクターモデルを、龍之介がコントローラーで操作している。モーションも正しく再生されていた。

「お疲れ、リタ。こっちの素材《そざい》もばっちり。これなら、今日中に企画書を戸塚《とつか》さんに送れると思う」

空太《そらた》があくびをしながら伸びをする。首を捻《ひね》るとばきばきと音を鳴らしていた。

「もう遅いし、途中まで送るよ」

そう言って空太が椅子《いす》から立ち上がる。

「いえ、大丈夫ですよ」

「でも……」

「龍之介が送ってくれるそうですから」

食い下がろうとする空太に、すかさずリタはそう被《かぶ》せた。

「僕は一言《ひとこと》もそんなこと言っていないぞ」

「まさか、夜道をか弱い私ひとりで帰らせる気ですか？」

「だから、神田《かんだ》が送ると言っているだろう」

「空太にはまだ企画書の修正作業が残っているではありませんか？　今は急ぎの作業がない龍之介が送ってくれた方が、効率的だと思いますけど」

「ぐっ……」

顔を引きつらせて、龍之介が押し黙《だま》る。

「んじゃ、赤坂《あかさか》、帰りにコンビニで夜食のおでんを買って来てくれ」

「どうして、僕が……」

「ほら、龍之介、行きますよ」

「わ、わかったから、近づくな！」

渋々《しぶしぶ》と龍之介がコートを着込むのを待って、リタは玄関に向かった。

水明芸術大学《すいめいげいじゅつだいがく》の敷地《しきち》をぐるりと回り込むように、リタは龍之介と歩いていた。昼間は学生の姿がちらほら見えるが、日が暮れると人通りが一気に減る通りだ。夜にひとりで歩きたい道ではない。とても静かで、今も、遠くの道路を走る車の音を除けば、リタと龍之介の足音しか聞こえてこない。

だから、こうして遅くなったときには、何かと理由をつけて、龍之介に送ってもらうことにしていた。それはリタの楽しみのひとつになっている。貴重なふたりだけの時間……。

コートのポケットに手を突っ込んだ龍之介は、背中を少し丸めて白い息を吐《は》いている。寒さのせいか、鼻の頭が赤くなっていた。

ふたりの歩幅《ほはば》は殆《ほとん》どかわらない。リタは女子にしては背が高く、龍之介《りゅうのすけ》は男子にしては低い方だ。わずかに龍之介の方が高い程度。それも数センチの差だ。

「『リズムバトラーズ2』の企画、無事に通りそうですか？」

「当然だ」

夜の静けさに、ふたりの声が溶けて行く。

「相変わらず自信家ですね、龍之介は」

「それ相応のことを僕と神田《かんだ》はやっている」

「その点に関して、異論はないです。ちょっと働き過ぎだと思うくらいですから」

空太《そらた》と龍之介は、ゲーム制作だけをしているわけではない。大学に通いながらやっていて、しかも、会社の立ち上げ準備も並行して行っているのだ。

「やってみれば、意外とどうにかなることはたくさんある。だいたいの人間はやる前に勝手に自分で白旗《しろはた》を上げているだけだ」

「そうかもしれませんね」

「だいたい、お前は人のことを言えないだろう」

「私がですか？」

「大学に通いながら、僕たちの手伝いをして、上井草先輩《かみいぐさせんぱい》の作品で背景作業を引き受けているのはどこの誰だ」

「せっかく留学をしているのですから、吸収できるものはすべて吸収していかないと損《そん》じゃないですか」

「体調を崩《くず》すなよ」

「そのときは、龍之介に看病してもらいます」

「バカを言うな」

「私は本気なんですけど」

不満を視線に込めて投げつける。だけど、龍之介はそっぽを向いて取り合ってくれない。

やがて、大学の正門の前を通過した。少し先には、スイコーの正門も見える。その前を通り過ぎると、この先はさくら荘《そう》への帰り道と途中まで同じルートだ。

「最近、空太はどうですか？」

「……どういう意味だ？」

龍之介が横目を向けてくる。たぶん、それとなくリタの質問の意図はわかってくれている。

「ましろのことで何か言っていませんか？」

「……」

返ってきたのは沈黙《ちんもく》。わざと答えないのではなくて、答える価値のある話はないということなのだろう。

「あのふたり、お互いに好き同士なのに別れてしまって……高校を卒業してから、ずっと会ってもいないんですよ？」

「神田《かんだ》と椎名《しいな》が決めたことに、他人が口を挟んでどうなるものでもないだろう」

「そうですけど、龍之介《りゅうのすけ》は気にならないんですか？」

「気にならない。気にしたところで仕方がない」

「……」

「なんだ、その不満そうな目は」

「不満なんです」

「一体、僕に何を期待している」

「ふたりがずっとこのままというのは、悲しいじゃないですか」

ましろを側で見ていると、時々、無性《むしょう》に切《せつ》ない気持ちにさせられる。漫画《まんが》を描き続けるひたむきな背中を抱き締《し》めたくなるのだ。

「……今、よりを戻したところで、また同じ結果になるだけだ。椎名は漫画賞を取ってからますます注目される立場になったんだぞ。ドラマ化に続き、アニメ化も決定した。まさに、話題の中心にいる」

「それは……確かにその通りですけど……だとしたら、上手《うま》く行きようがないじゃないですか。夢が叶《かな》えば叶うほどに忙しくなって、逆に躓《つまず》けば、上手く行くようによりがんばらなければい

「それでも少しずつは心に余裕ができるだろう。仕事にも慣れて、忙しい中でも他のことを考えるゆとりは生まれるはずだ」

「……」

リタは淡々と語る龍之介の横顔をじっと見つめていた。

「なんだ、その失礼な目は」

「まさか、龍之介の口からそんな台詞《せりふ》を聞ける日がくるとは思っていなかったので驚いているんです」

「もうここまで送れば十分だな。僕は機嫌《きげん》を損《そこ》ねたから帰るぞ」

立ち止まった龍之介はくるりと背中を向ける。

「あ、待ってください。私に何かあったら、責任を取ってくれますか？」

「……」

「この道、つい先日、痴漢《ちかん》の被害があったそうですよ？」

「……」

無言で向き直った龍之介は、黙々《もくもく》と歩きはじめる。その背中をリタは跳《は》ねるような足取りで追いかけて、隣《となり》に並んだ。

「龍之介の言う通りかもしれませんね。少しずつ色々なことが許せるようになっていければ、いつか、上手《うま》く行く日が来るかもしれません。妥協《だきょう》をするわけでもなく、諦《あきら》めるわけでもなく……自分と相手を許せるようになれば」

それは決して簡単なことではないと思う。どれだけ経験を重ねれば、そう思えるようになるのかもわからない。一年後か、三年後か、五年後か……もしかしたら、十年後かもしれないし、十年経《た》ってもダメかもしれない。それでも、信じて進むしかないのだろう。それだけを信じて、空太《そらた》とましろは今がんばっているのかもしれない。

結局、龍之介《りゅうのすけ》が正しいのだ。空太とましろの問題は、空太とましろが解決するしかない。

そんな話をしているうちに、児童公園が近づいてきた。この先、リタの住むマンションまでの道は、駅からの人の流れが合流する上、街灯も煌々《こうこう》と灯っているので安心だ。

「ここで、いいですよ」

立ち止まってそう告《つ》げると、リタより少し遅れて龍之介の足も止まる。

「どうせ、あと少しだ。マンションの前まで送ってやる」

そう言って歩き出そうとした龍之介の手を、リタはとっさに摑《つか》んでいた。

「な、なんだ、急に!?」

動揺《どうよう》した声が上がる。それを無視して、リタは龍之介を路地《ろじ》に引き摺《ず》り込んだ。

「バ、バカ、何をする」

「しっ！　静かにしてください」

電信柱の陰《かげ》に身を潜《ひそ》め、そっと児童公園の方を覗《のぞ》き込む。見覚えのある男女の姿に、リタは気づいたのだ。駅の方から歩いてきて、児童公園の前に差し掛《か》かろうとしているのは、伊織《いおり》と栞奈《かんな》だ。

「お、おい、離れろ」

龍之介が裏返《うらがえ》った声で訴《うった》えかけてくる。

「少し我慢してください」

手を繋《つな》いだ伊織と栞奈は仲が良さそうだ。ただ、異様な緊張感を栞奈から感じる。ちらちらと伊織の横顔を何度も見て、俯《うつむ》いて、また見て、俯いてを繰り返していた。

「これは、何かありますね」

「だ、だから、離れろ」

そのリタの勘《かん》は見事に的中した。公園前の短い階段。伊織より先に上った栞奈は、頂上でくるりと振《ふ》り向いた。そして、一段下にいた伊織の前で爪先立ちになると、触れるだけの短いキスをしたのだ。

直後、栞奈は小走りで逃げて行く。慌《あわ》てて、伊織が追いかけて……すぐに追いつくかと思ったが、そのままふたりとも見えなくなってしまった。

「龍之介」

「言っておくが、僕はしないぞ」

電信柱の陰《かげ》から逃げ出した龍之介《りゅうのすけ》は肩で息をしている。以前と比べれば、だいぶ、女嫌《ぎら》いはましになっていると思う。というか、リタに対する耐性が付いてきているのだ。他の女子ではこうはいかない。

「『私たちもキスをしましょうか』なんて、まだ言ってませんよ?」

「今、言っただろう」

すたすたとひとりで龍之介が歩き出す。きちんとその足は、リタが住むマンションの方を向いている。怒ったのなら、帰ればいいのにと思うが、恐らく『マンションの前まで送ってやる』と言ったばかりなのを気にしているのだ。

「龍之介」

「先ほどの話の続きなら聞かないぞ」

「あら、残念です。では、もっと大切な話をしましょうか」

「……」

龍之介が視線で疑問を投げかけてくる。

「私と龍之介の未来の話です」

「そんな未来はない」

構わずにリタは言葉を続けた。

「私、大学を卒業したら、イギリスに帰る予定でいます」

「……」

龍之介の表情から警戒《けいかい》の色が消える。

「祖父のアトリエで作品を作りながら、絵画教室に集まった子供たちに絵を教えるつもりです」

「そうか」

龍之介は真剣な目で前を見ていた。

「感想はそれだけですか？」

「他に何がある」

「つれないですね」

「僕に何を期待している」

「たとえば『ずっと僕の側にいろ』とかでしょうか」

「理解不能だ」

「龍之介は、少し乙女心というものをわかってください」

「仮に僕がそんな世迷言《よまいごと》を口にしたとしても、イギリスに帰るというお前の意思が覆《くつがえ》ることはないんじゃないのか？　それなのに、どうして、乙女心などというものを理解する必要がある」

「っ⁉　それは……」

指摘されて今さらのようにリタは気づかされた。

絵を描くことはやめられない。やめるつもりはない。祖父のアトリエを引き継《つ》いでいきたいという夢だってある。だから、大学の四年間が終わったら、イギリスに戻るということはリタの中で決定事項になっているのだ。

「龍之介《りゅうのすけ》が引き留めてくれたら、揺《ゆ》らぐかもしれませんよ？」

「僕は絶対に言わないから安心しろ」

「張り合いがないですね」

「それに、言ったところで、お前は絶対に揺らがない」

「……それ、ずるいですよ」

龍之介には聞こえないほどの小さな声で呟《つぶや》く。

そんなことを言われたら、揺らぐことができなくなってしまう。龍之介にだけは、がっかりした目で見られたくはないから……。

「着いたな」

顔を上げると、目的地であるマンションの前まで来ていた。

「残念です。楽しいデートが終わってしまいました」

「片道三十分近くも歩かされる僕の身にもなれ」

「お疲れのようでしたら、上がっていきますか？　恐らく、ましろはまだ忘年会から戻ってきていませんし」

「冗談はやめろ」

「私は結構本気ですよ？」

「だったら、人をからかうようなその顔をやめろ」

「はい、やめました」

素直《すなお》に作り笑いをしまう。

「まったく、お前は」

呆《あき》れたように、龍之介が大きく息を吐《は》く。

「龍之介って、文句を言いながらも、毎回マンションの前まで送ってくれますよね？『ここで大丈夫です』と言っても必ず」

「何かあったら責任を取れと、いつも脅迫《きょうはく》してくるのは誰だ？」

「そんなの無視をしたらいいじゃないですか」

「……」

龍之介が黙《だま》ったのは、たぶん、リタが真剣な目で見つめていたからだ。

「……」

「私のこと、どう思ってるんですか？」

緊張を伴《ともな》った質問を投げかける。

「女は嫌《きら》いだと何度も言っているだろう」

「私個人のことはどう思っているんですか？」

「苦手《にがて》だ」

「それでも、家の前まで送ってくれるんですね」

静かな感情の応酬《おうしゅう》。冗談の入り込む余地《よち》はなかった。お互いに視線も逸《そ》らせなくなっていた。

「私、期待してもいいんですか？」

「……」

沈黙《ちんもく》がふたりの間に落ちる。それを埋めるように、マンションの前に一台のタクシーが入ってきて停車した。ライトがリタと龍之介《りゅうのすけ》を眩《まぶ》しく照らす。

後部座席のドアが開き、誰かが下りてくる。ライトのせいで顔は判別できない。

「リタ、それに龍之介も」

エンジン音に紛《まぎ》れて聞こえてきたのはよく知っている声音《こわね》。ましろだ。

ドアを閉めたタクシーが走り去ると、ましろがてくてくと近付いてくる。出版社の忘年会から、今戻ってきたようだ。

「確かに送り届けたぞ。僕は帰る」

「あ、龍之介！」

声をかけても立ち止まってはくれなかった。龍之介の後ろ姿は夜に紛《まぎ》れて、すぐに見えなくなってしまう。

リタは拗《す》ねた子供のような声を無意識に出していた。

「わたし、邪魔《じゃま》だった？」

「そんなことないですよ。本音を言うと助かりました」

「ん？」

ましろがわからないと首を傾《かし》げる。

「きちんと答えを聞くのはこわかったので」

安堵《あんど》の笑みが零《こぼ》れる。

「リタ」

「ほら、寒いから部屋に上がりましょう」

ましろの手を取ると、リタはマンションの中に駆《か》け込んだ。

その間、ずっと龍之介《りゅうのすけ》のことが頭を離れなかった。あんな顔を見たのははじめてだったから

……。

――私、期待してもいいんですか？

その質問を前にして、龍之介は困惑《こんわく》の表情を覗《のぞ》かせていたのだ。

「……もう」

5

年が明けた一月の十一日。

昨晩から明け方まで降り続けた雪は街を白く染め上げた。そんな中、空太《そらた》は午後の講義がないこの日を狙《ねら》って、戸塚《とつか》と『リズムバトラーズ2』の企画会議を行っていた。

通い慣れたハードメーカーの会議室に出向き、企画書を挟《はさ》んで細かいアイディアのすり合わせをする。

「やはり、肝《きも》になりそうなのは『2』から導入する協力プレイのバランスですね」

あごを触りながら、戸塚がそうもらす。

「今、赤坂《あかさか》に試作版を組んでもらっているので、来月くらいには動くものを見てもらえると思います」

「次の段階は試作版次第ですね。音ゲーの要素と、ハンティングゲームのマルチプレイ要素が、どんな形でマッチングするのかは、やはり触ってみないことにはわかりません」

「はい」

協力プレイ時の目玉としては、同調操作で大技《おおわざ》が発動する『ユニゾンアタック』と、パート演奏で連続技が発動する『セッションラッシュ』という仕様《しよう》を組み込む予定だ。頭の中では面《おも》白《しろ》く仕上がる想定だが、戸塚《とつか》の言うように、これぱかりは実際に遊んでみないとわからない。単に、煩《わずら》わしいだけのシステムになる可能性もあると空太《そらた》は思っている。とは言え、心配しても仕方がないので、今は龍之介《りゅうのすけ》に試作版を作ってもらうしかない。

「あとは、プロモーションの観点で、押し出しやすい要素を用意できれば完璧《かんぺき》だと思いますが……神田《かんだ》君、何か考えていることはありますか？」

「あ、それなんですけど……他のゲームのＢＧＭをいくつかお借りすることって可能なんでしょうか？」

ゲームの性質上、音の部分で話題づくりをするのが正攻法《せいこうほう》だと空太は思っている。

「ああ、なるほど、その手があるか……」

頷《うなず》きながらも戸塚は下を見て考え込む。権利関係の問題が障害となるはずなので、簡単ではないのかもしれない。

「いや、いいかもしれません。すべての楽曲が、『リズムバトラーズ』の専用曲だったのが、前作の弱点といえば弱点でもありました。すでに聞いたことのあるお気に入りの曲で遊べるというのは、企画内容とも親和性があるのでいいと思います。当然、世界観を壊《こわ》すような楽曲を持ってくるわけにはいかないので、その点はきちんと選定する必要はあると思いますが」

「はい」

「少なくとも、うちから発売しているタイトルであれば、相談はできるので、その辺は私の方で確認しておきます」

「よろしくお願いします」

そのあとは、大学の話なんかを織《お》り交《ま》ぜた世間話をして、戸塚との打ち合わせはお開きとなった。

空太が芸大前駅《げいだいまええき》に戻ってきたのは、夕日が眩《まぶ》しい午後四時のことだった。

改札を抜けたところでケータイが鳴る。

着信相手を確認した瞬間《しゅんかん》、わずかに体に緊張が走った。

藤沢和希《ふじさわかずき》からの電話だった。

商店街の方へ歩きながら通話ボタンに指をかける。

「はい、神田です」

「お疲れ様です。藤沢です」

「お疲れ様です」

「今、大丈夫ですか？」

「はい。さっきまで戸塚さんと打ち合わせで……今、駅に戻ってきたところです」

「その戸塚君から、さっき連絡をもらいました。楽曲のコラボの話、聞きましたよ」

「え？」

確認するとは言っていたが、早速、和希《かずき》にまで話をしているとは思わなかったので、素直《すなお》に驚いてしまった。

「面白《おもしろ》いアイディアなので、使いたい曲があれば提供しますよ」

「あ、ありがとうございます。でも、その……いいんですか?」

「いいとは?」

「いや、こんなにあっさり決まっていいものなのかと思って……」

もっと難しい手続きが必要なのではないかと勝手に思い込んでいた。

「書類上の話はおいおいありますが、こういうアイディアを実現させるには、鮮度が大切ですからね」

デジタルのコンテンツには似つかわしくない単語が飛び出した。

「鮮度……」

丁度《ちょうど》、魚屋さんの前を通りがかる。新鮮な冬の味覚が店頭に並んでいた。

「企画会議の場でせっかく出た面白いアイディアは、なるべく早く実行に移した方がいいんですよ。打ち合わせで盛り上がるだけ盛り上がって、動かすのを後回しにしていると、日に日に勢いや情熱は腐っていきますからね。気が付けば、そのアイディアに対する熱意は冷めて、やらずに終わるなんてことはよくある話ですから」

「なるほど」

確かにそういう面はあるかもしれない。ものすごくいいと思えた企画案でも、時間の経過に伴《ともな》って、自分自身の感覚がアイディアに慣れてしまう。つまらなく感じるようになってしまうのだ。

冷静になってアイディアを見つめ直す時間も必要だとは思うが、待っているだけでは和希の言う通りで腐っていくのだろう。

話に集中しているうちに、空太《そらた》は商店街の出口まで来ていた。そのことに気づき、ふと立ち止まって商店街を振《ふ》り返る。何か買って帰るものがあったかもしれない。でも、昨日、買い出しに来たことをすぐに思い出し、空太は再び歩き出そうとした。

どうしたことか、その足が動かない。強張《こわば》っている。

その理由を悟《さと》るのに、数秒ほど時間が必要だった。

視界の中に、ある人物の後ろ姿が収まっている。商店街の中……。ハシモトベーカリーから出てきたところだ。儚《はかな》げな存在感。その一点に空太の意識は集中していた。

「……ましろ」

買い物用のバスケットを手に持って、リタと青果店に立ち寄っている。ふたりで何か話しているけど、三十メートルほど離れているから声なんて聞こえない。今晩の夕飯のメニューでも仲良く相談しているのだろうか。

「神田《かんだ》君？」

和希《かずき》の声で我に返る。

「あ、はい」

「では、細かい話は審査《しんさ》会を通過した段階で、顔を合わせて打ち合わせしましょう」

「はい。よろしくお願いします」

「では、また」

「失礼します」

軽く頭を下げながら電話を切る。ケータイをポケットにしまった。

もう一度、ましろの姿を捜《さが》した。

商店街を駅の方へと歩いていく背中が見えた。一歩ずつ空太《そらた》から遠ざかっている。

「元気でやってんだな」

胸にはあたたかい想いが込み上げていた。

不思議《ふしぎ》とましろの姿に懐《なつ》かしさは感じなかった。

理由はよくわからないけど、うれしさで胸がいっぱいだった。ただ、それだけで満たされた気分になれた。

空太はましろの背中を最後までは見送らずに、駅とは反対方向に歩き出した。帰って、打ち合わせの内容を龍之介《りゅうのすけ》に報告しなければならない。伊織《いおり》も来ているはずだ。

まだまだ、やるべきことがたくさんある。やりたいことがたくさんある。だから、空太は自分の目的地に向けて歩いていく。

前を向いて。

選んだ道を真っ直ぐに見据《みす》えて。

自分の足で歩いていく。


商店街のゲートから遠ざかっていく空太の後ろ姿を、リタはましろと一緒《いっしょ》に見送っていた。

横目に映したましろは、じっと空太の背中を追っている。揺《ゆ》れる瞳《ひとみ》からは、懐かしさとわずかな切《せつ》なさをリタは感じ取った。

「声、かけなくてよかったんですか？」

「いい」

短く小さな声が返ってくる。

「スイコーを卒業してから、一度も会っていないじゃないですか」

「元気ならいい」

「ましろ……」

「空太が元気ならいいわ」

そう呟《つぶや》いたましろの表情は穏《おだ》やかだった。さっきまであった懐かしさと切なさは、いつの間にか姿を消している。どこかうれしそうに、ましろは微笑《ほほえ》んでいた。慈《いつく》しむような眼差《まなざ》しは、やさしさで満ち溢《あふ》れていた。

「……」

そんな顔をされては、何も言えないとリタは思った。

納得した上で別れたふたり。それがお互いのためだから、好きという気持ちは持ったまま別々の道を歩んでいくと決めた。今もその気持ちは揺《ゆ》らいでいないのだ。

「ましろ」

「ん？」

ましろは小さく首を傾《かし》げてリタを見ていた。

「コンビニでバームクーヘンを買って帰りましょう」

「……」

今度は少しきょとんとした表情を見せた。イギリスにいた頃、ましろはこんな顔はしなかった。日本にやって来て、さくら荘《そう》で過ごして、空太《そらた》に恋をして……ましろは今のましろになったのだ。

「昨日お店を覗《のぞ》いたら、クリームのついた新商品が出ていましたよ」

「買い占めね」

「ええ、今日だけは特別にそうしましょう」

どちらが言うでもなく、リタとましろは歩き出した。空太とは逆の方向へ……。

いつの日か、また空太とましろの歩く道が重なればいいと思う。
並んで歩ける日が訪れればいいと心から思う。
その日を目指して、今は別々の道を進んでいくのだ。
それぞれの道を、それぞれに歩いていく。
まだここは夢の途中だから……。

10.5

おまけ
書き下ろし

クリスマスに事件は起こる

1

水明芸術大学《すいめいげいじゅつだいがく》を卒業して早《はや》一年と九ヵ月。

今年も残すところあと数日となった十二月二十四日のこと。

二十四歳になり、社会の一員として相応の落ち着きを身に付けた空太《そらた》だったが、メイドちゃんから送られてきたメールを見た瞬間《しゅんかん》、

「げっ！」

と、バカっぽい驚きの声を発した。

——今しがた、戸塚《とつか》様より緊急のご連絡がありました。マスターROMのメーカーデバッグにおいて、進行不能状態が発生する致命的なバグが発見されたそうです。至急、バグの修正をして、マスターROMの再提出をお願いしたい、とのことです。メイドちゃんより
「むう」

メールを確認していた空太のすぐ側《そば》からは、かわいい呻《うめ》き声が聞こえた。

不穏《ふおん》な空気を感じつつ、空太は恐る恐るケータイの画面から顔を上げる。まだ何も話していないのに、ましろはご機嫌斜《きげんなな》めな様子で、頬《ほお》をぱんぱんに膨《ふく》らませていた。

ふたりが立ち尽《つ》くしているのは、スイコーを卒業してからましろが住み続けているマンショ

ンの前。

今では空太も殆《ほとん》ど毎日ここで寝泊りをしている。世に言う同棲《どうせい》状態。リタがイギリスに帰国したあと、しばらくは空太が通いでましろのお世話をしていたのだが、月日の流れと共に泊まる回数が増えてきて、気が付いたらそんな感じになっていた……。

「あのですね、ましろさん」

「聞きたくない」

デート用に大人《おとな》っぽく着飾っていたましろが、子供っぽい仕草《しぐさ》で耳を塞《ふさ》いだ。

それでも、聞こえるだろうと思い、空太は言葉を続ける。

「致命的なバグが出たんだ。今から開発室に戻って直さないといけない」

「……」

「だから、ごめん。今日のデートはできなくなった」

「空太のバカ」

ましろが耳から手を離す。やはり、ちゃんと聞こえていたようだ。

「ごめん」

「空太はバカ」

「その通りです」

「空太なバカ」

「前から思っているんだが、それはどんなバカ？」

「……」

緊張した空気を少し緩《ゆる》めたら、ましろに睨《にら》まれてしまった。

「……ごめん、反省してる」

「クリスマスイブなのにデートをしなかったら、この先もずっとデートなんてできないわ」

ましろの目は真剣だ。その視線を空太《そらた》はただ真っ直ぐに受け止める。

「……」

「……」

張り詰めた空気がふたりを支配していた。

そこへ、ケータイの着信音が割り込んでくる。

空太のではない。ましろのだ。

ましろがポーチからケータイを取り出す。

「綾乃《あやの》からね」

そう呟《つぶや》いてから、ましろは電話に出た。

「はい、わたしよ……うん、うん……九ページね。うん、わかった……」

一分とかからずに話は終わったらしい。ましろがケータイをポーチに戻す。

「綾乃さん、なんだって？」

「今日送った原稿、人物の服装が一箇所間違ってるって」

「それ、直さないといけないんだよな？」

「うん」

「急ぎか？」

「六時の便に間に合わせたいって、綾乃は言っていた」

時計を見る。今が夕方の五時丁度《ちょうど》。部屋に戻って作業をすれば、まだ間に合うだろう。

「なら、急がないと」

「空太、うれしそうね」

鋭い指摘が飛んできた。

「デートができなくなったのに、うれしそう」

「そんなことはない」

あるとすれば、それは「うれしい」とは別の感情だ。少しだけほっとしている。ましろにも用事ができたことで、一方的に罪悪感を覚えなくて済むようになった。まあ、ほんの気休め程度の気持ちではあったけど……。

「もういい」

ぷいっと背中を向けたましろは、怒った足取りでマンションへと戻ってしまう。

その後ろ姿が見えなくなるまで見送って、空太は雑念を払いながら開発室へ急いだ。

2

バグの修正は意外とあっさり終わった。開発室に到着したときには、龍之介《りゅうのすけ》が原因を見つけておいてくれたので、早々にそれを直して確認した。それから、マスターROMを焼き直し、バイク便で戸塚《とつか》に送った。

それでも、仕事をすべて片付け、マンションに帰り着くまでには数時間が必要だった。すでに深夜二時を回っている。

コンビニで投げ売りされていたクリスマスケーキを持って空太《そらた》が部屋に上がると、意外なことにリビングの電気はまだ薄《うっす》らとついていた。

薄明かりの中、パジャマ姿のましろが、ソファの上で体育座りをしていじけている。

「原稿、間に合ったか？」

「間に合ったわ。空太は？」

「こっちも無事終わったよ」

「そう」

ましろは空太の方を見ようともしない。とりあえず、ダイニングテーブルの上に、買ってきたケーキを置いた。

「まだ、へそを曲げてるのか？」

隣《となり》に座って声をかける。ましろはパジャマをまくって自分のおへそを確認していた。

「曲がってないわ」

「慣用句だからね……」

「クリスマス、またダメだった」

「ん？　ああ……そうだな」

どういうわけか、空太とましろはクリスマスに縁がない。高校時代は、ましろに急な仕事が入ってデートがキャンセルになった。よりを戻した去年は、空太がマスターアップ直前の時期で、そもそも余裕がなかった。そして、今年はお互いにこの有様《ありさま》だ。

「一生、空太とクリスマスを過ごせない気がする」

両手で抱《かか》えた膝《ひざ》に、ましろが口元を埋《うず》める。

「今、一緒《いっしょ》にいるだろ？」

「もっと普通にデートしたかった」

「これはこれでいいと思うけどな」

空太はソファから立ち上がり、テーブルの上のケーキにろうそくを立てた。火を灯すと、幻想的な明かりが部屋の壁に大きな影を作る。炎《ほのお》のゆらめきに合わせて波打っていた。

「デート、楽しみにしてたのに」

「俺もそうだって」

「……」

ふてくされたましろの機嫌《きげん》はなかなか直らない。

「俺、明日は休み取れるからさ。ましろは？」

「お昼に綾乃《あやの》が来るわ。夜は大丈夫」

「んじゃ、明日の夜、一緒《いっしょ》に出かけよう」

「どこに？」

「今日のリベンジでもいいし、ましろのしたいことでいいよ」

「……なんでもいいの？」

様子を窺《うかが》うように、上目《うわめ》遣《づか》いを向けてきた。

「常識の範囲内で頼むぞ」

上限を設《もう》けておかないと、とんでもないことを要求されそうだ。

「だったら……」

ソファにきちんと座り直したましろは真剣な顔で空太を見つめてくる。そのまま視線を逸《そ》らさずに、

「わたしの両親に会って」

と、ましろは言ってきた。

「……」

「……」

一瞬《いっしゅん》、時が止まった。

「ましろさん、今なんて？　あ、いや、やっぱり言わなくていい！　むしろ、言わないでくれ！

てか、イギリスまで会いに行けってことか？」

ましろなら言い出しかねない。だが、返って来た言葉はそれ以上の衝撃《しょうげき》を伴《ともな》っていた。

「明日、日本に来るわ」

「は？」

「ふたりとも、明日、来るわ」

「……急だな」

なんとか声を絞《しぼ》り出す。

「わたしは一ヵ月くらい前から聞いてたわ」

「その情報、俺は聞いてないんですけど？」

「せっかくだから空太に会いたいって言ってた」

「そういう大事なことは、前もって教えておいてくれるかな！」

「だから、今、言ったわ」

「もっと前って意味の前ね！」

「わたしのしたいことでいいって言ったのに」

ましろが頬《ほお》を膨《ふく》らませる。

「常識の範囲内でって、お願いしたよね⁉」

「彼氏が彼女の両親に会うのは、常識の範囲内よ」

「確かにそうだね！」

「会うだけで、深い意味はないわ」

「底なしに深いわ！」

「空太《そらた》、嫌《いや》なの？」

「嫌ってことはなくて……いや、まあ、そりゃあ、なし崩《くず》し的に同棲《どうせい》しちゃってるわけだしな。時期を見て、挨拶《あいさつ》はするべきだと思ってはいるのだが……その、彼女のご両親に会うというイベントは、とても緊張するんだよ！　一晩で心の準備が完了するとは到底《とうてい》思えません！」

今、この瞬間《しゅんかん》でさえ、はじめてのプレゼンのとき以上に緊張している。心臓はばくんばくんと脈打っている。一体、ましろの両親と会って、何を話せばいいのだろうか。

「むう」

ましろは唇《くちびる》を突き出して、不満を露《あらわ》にしている。

「もういい。わたし、寝る」

ソファから立ち上がったましろが寝室に入っていく。追いかけてドアロから中を覗《のぞ》き込むと、ましろはベッドにうつ伏《ぶ》せに倒れていた。枕に顔を埋《うず》めて、ぶつぶつと空太への文句を呟《つぶや》き続けている。

「はあ……わかった。明日はましろのご両親に挨拶するよ」

「本当？」

枕から顔を上げたましろが期待の眼差《まなざ》しで振《ふ》り向いた。

「ああ、約束する。その代わり、俺からもひとつお願いがあるんだけどさ」

「なに？」

「正月、休み取れるなら、一緒《いっしょ》に福岡《ふくおか》の実家に来てくれないか？」

「……」

ましろが驚きに目を見開いている。

「母さんが、ましろを連れてこいってうるさくて」

「行くわ」

がばっとましろがベッドから起き上がる。

どこか楽しそうな表情。先ほどまでの不満は、すっかり吹き飛んでしまったらしい。

すたすたと部屋の外に出てくると、ケーキを置いたテーブルの前に座っていた。

「空太、ケーキを食べるわ」

「寝るんじゃなかったのかよ」

「食べてから寝る」

「太っても知らないぞ」

「そのときは、空太《そらた》に責任を取ってもらう」

「それ、どういう意味の責任だよ……」

先ほどまでの会話の流れを考えると、少しも笑う気にはなれない。

「ねえ、空太」

「ん？」

「福岡《ふくおか》に行ったときだけど」

「うん」

「挨拶《あいさつ》は、ふつつかものですがでいい？」

「よくないな！」

こうして、仲直りをした空太とましろは、楽しいクリスマスを過ごしたのだった。

あとがき

三度目の短編集となりました。最後の短編集でもあります。

『さくら荘《そう》』シリーズとしても、ラストを締《し》めくくる一冊です。たぶん。

というわけで、鴨志田《かもしだ》一《はじめ》です。


まずは恒例《こうれい》の各編プチ解説をお届けします。


『長谷栞奈《はせかんな》の突然な修学旅行』

時系列的には、本編八巻。空太《そらた》たちの修学旅行を、栞奈視点から見たものです。こっそり、動物園とかに行っていたわけですね。


『長谷栞奈の不器用《ぶきよう》な恋愛模様《もよう》』

空太たちがスイコーを卒業したあとの物語です。栞奈と伊織《いおり》は高校三年生になり、空太たちは大学二年生のとき。時間が経過した分だけ、成長したり、していなかったりする彼らを描くのは、とても楽しかったです。「伊織がイケメンすぎる」とは、担当編集の荒木《あらき》さんの談。

『まだ夢の途中』

『長谷栞奈の不器用な恋愛模様』から少しあとのお話です。色々とあるけれど、前だけを見てがんばっているさくら荘メンバーたちの姿を描いたつもりです。「空太がイケメンすぎる」とは、イラストの溝口《みぞぐち》ケージさんの談。

『クリスマスに事件は起こる』

さらに時は流れて、大学も卒業した空太とましろの一幕ですね。大人《おとな》になっても、クリスマスには縁がないふたりのようです。ま、幸せそうなので大丈夫でしょう。


という、四編をお送りしました。

これにて、「さくら荘のペットな彼女」の物語は、いよいよ閉幕となります。

今日まで、お付き合いくださいました読者の皆様、関係者の方々に、厚く御礼申し上げます。

おかげさまで、とても幸せな作品になりました。

次回は、来月に発売を予定している新作「青春ブタ野郎はバニーガール先輩《せんぱい》の夢を見ない」で、再びお会いすることができましたら幸いです。

鴨志田一

――空と海に囲まれた町で、
僕と彼女の恋にまつわる
物語が始まる。
――ねえ、キスしよっか。
つまるところ、これは僕と彼女のコイにまつわるよくある話……
ということになるのだろう。
図書館にバニーガールは棲息していない。
その常識を覆し、梓川咲太は野生のバニーガールに出会ったのだ。
彼女はただのバニーではない。
咲太の高校の上級生にして、活動休止中の人気タレント
桜島麻衣先輩だった――。
電撃文庫より、
2014年
4月10日
発売予定。

◉鴨志田 一著作リスト

「神無き世界の英雄伝」（電撃文庫）
「神無き世界の英雄伝②」（同）
「神無き世界の英雄伝③」（同）

「Kaguya ～月のウサギの銀の箱舟～」（同）
「Kaguya2 ～月のウサギの銀の箱舟～」（同）
「Kaguya3 ～月のウサギの銀の箱舟～」（同）
「Kaguya4 ～月のウサギの銀の箱舟～」（同）
「Kaguya5 ～月のウサギの銀の箱舟～」（同）
「さくら荘のペットな彼女」（同）
「さくら荘のペットな彼女2」（同）
「さくら荘のペットな彼女3」（同）
「さくら荘のペットな彼女4」（同）
「さくら荘のペットな彼女5」（同）
「さくら荘のペットな彼女5.5」（同）
「さくら荘のペットな彼女6」（同）
「さくら荘のペットな彼女7」（同）
「さくら荘のペットな彼女7.5」（同）
「さくら荘のペットな彼女8」（同）
「さくら荘のペットな彼女9」（同）
「さくら荘のペットな彼女10」（同）
「さくら荘のペットな彼女10.5」（同）

本書に対するご意見、ご感想をお寄せください。

電撃文庫公式ホームページ　読者アンケートフォーム
http://dengekibunko.dengeki.com/
※メニューの「読者アンケート」よりお進みください。

ファンレターあて先
〒102-8584　東京都千代田区富士見1-8-19
アスキー・メディアワークス電撃文庫編集部
「鴨志田 一先生」係
「溝口ケージ先生」係

初出……………………………………………………………………………………

「長谷栞奈の突然な修学旅行」／電撃文庫MAGAZINE Vol.28(2012年11月号)

文庫収録にあたり、加筆、訂正しています。

「長谷栞奈の不器用な恋愛模様」「まだ夢の途中」「クリスマスに事件は起こる」は書き下ろしです。

電撃文庫

さくら荘《そう》のペットな彼女《かのじょ》 10.5

鴨志田《かもしだ》 一《はじめ》

発　行　2014年3月8日　初版発行

発行者　塚田正晃
発行所　株式会社KADOKAWA
〒102-8177　東京都千代田区富士見2-13-3
03-3238-8521（営業）
プロデュース　アスキー・メディアワークス
〒102-8584　東京都千代田区富士見1-8-19
03-5216-8399（編集）
装丁者　荻窪裕司（META＋MANIERA）
印刷・製本　加藤製版印刷株式会社

ISBN978-4-04-866412-7　C0193　Printed in Japan

電撃文庫　http://dengekibunko.dengeki.com/
株式会社KADOKAWA　http://www.kadokawa.co.jp/

電撃文庫創刊に際して

文庫は、我が国にとどまらず、世界の書籍の流れのなかで〝小さな巨人〟としての地位を築いてきた。古今東西の名著を、廉価で手に入りやすい形で提供してきたからこそ、人は文庫を自分の師として、また青春の想い出として、語りついできたのである。

その源を、文化的にはドイツのレクラム文庫に求めるにせよ、規模の上でイギリスのペンギンブックスに求めるにせよ、いま文庫は知識人の層の多様化に従って、ますますその意義を大きくしていると言ってよい。

文庫出版の意味するものは、激動の現代のみならず将来にわたって、大きくなることはあっても、小さくなることはないだろう。

「電撃文庫」は、そのように多様化した対象に応え、歴史に耐えうる作品を収録するのはもちろん、新しい世紀を迎えるにあたって、既成の枠をこえる新鮮で強烈なアイ・オープナーたりたい。

その特異さ故に、この存在は、かつて文庫がはじめて出版世界に登場したときと、同じ戸惑いを読書人に与えるかもしれない。

しかし、〈Changing Times,Changing Publishing〉時代は変わって、出版も変わる。時を重ねるなかで、精神の糧として、心の一隅を占めるものとして、次なる文化の担い手の若者たちに確かな評価を得られると信じて、ここに「電撃文庫」を出版する。

1993年6月10日
角川歴彦

電撃文庫

さくら荘のペットな彼女
鴨志田一
イラスト／溝口ケージ
俺の住むさくら荘にやってきた椎名ましろは、可愛くて天才的な絵の才能の持ち主。だけど彼女は、生活能力が皆無だった。彼女の〝世話係〟に任命された俺の運命は⁉
か-14-9 1885

さくら荘のペットな彼女2
鴨志田一
イラスト／溝口ケージ
天才少女ましろの〝飼い主〟役にまだ慣れない俺。そんな中迎えた夏休み、声優志望の七海がさくら荘に引っ越してくることになり⁉ 波乱の予感な第2巻‼
か-14-10 1935

さくら荘のペットな彼女3
鴨志田一
イラスト／溝口ケージ
2学期最初の夜、さくら荘にましろの元ルームメイト・リタがやって来る。彼女の目的は、ましろをイギリスに連れ帰ることだというが⁉ どうする、俺！な第3巻！
か-14-11 1987

さくら荘のペットな彼女4
鴨志田一
イラスト／溝口ケージ
文化祭に向け、さくら荘のメンバーはそれぞれの得意分野を生かしゲーム製作に取り組んでいた。はじめての作品作りに全力投球した空太だが、その結果は……？
か-14-12 2053

さくら荘のペットな彼女5
鴨志田一
イラスト／溝口ケージ
冬休みに突入したさくら荘。なぜだか俺は、ましろ、七海、美咲先輩を連れて、実家の福岡に帰省していた——。って、なんだよこの状況⁉ 怒濤の第5弾！
か-14-13 2126

電撃文庫

さくら荘のペットな彼女9
鴨志田 一
イラスト／溝口ケージ

ついにましろと彼氏彼女になった空太だが、付き合うってどんな感じ!? と新たな壁にぶつかることに。そんな中、龍之介と組んだゲーム制作が始まろうとしていた。

か-14-19 2502

さくら荘のペットな彼女10
鴨志田 一
イラスト／溝口ケージ

——なんたって、ここでの毎日は、ほんとに最高だったから。学園の問題児の集まりさくら荘を舞台にした、輝く日々を駆け抜ける青春ストーリーついに本編完結！

か-14-20 2567

さくら荘のペットな彼女10.5
鴨志田 一
イラスト／溝口ケージ

ノーパン少女栞奈と天真爛漫少年伊織の恋模様や、高校卒業後の空太たちを描く書き下ろしエピソード＋おまけ掌編を収録した、これが最後の「さくら荘」です！

か-14-21 2704

Kaguya ～月のウサギの銀の箱舟～
鴨志田 一
イラスト／葵久美子

〝自分の見ているものを他人に見せることができる〟という使い道のない超能力を持つ真田宗太。そんな彼が盲目の少女、立花ひなたと出会って……。

か-14-4 1583

Kaguya2 ～月のウサギの銀の箱舟～
鴨志田 一
イラスト／葵久美子

とある事情で盲目の美少女ひなたと一緒に住んでいる真田宗太。京先輩からよけいな入れ知恵をされたひなたが接近大作戦を仕掛けてきて……。

か-14-5 1642

電撃文庫

ヘヴィーオブジェクト 第三世代への道
鎌池和馬
イラスト／凪良

クウェンサーとヘイヴィアは、不真面目な態度の甲斐あって（?）、ついに戦場から『左遷』された。しかし赴任先は、とんでもない天才少女達が住む島で――。

か-12-35 2341

ヘヴィーオブジェクト 亡霊達の警察
鎌池和馬
イラスト／凪良

「薄着濡れ透けパラダイスが俺を待っている――!」だがやはりクウェンサーたちを待っていたのは、復興中のオセアニアを舞台にした過酷なミッションだった!!

か-12-45 2638

ヘヴィーオブジェクト 七〇%の支配者
鎌池和馬
イラスト／凪良

目的地は一つ。極東洋上に浮かぶ資本企業の一角にして、オブジェクトの始まりの地――『島国』。新型オブジェクトがクウェンサーたちを襲う!

か-12-47 2700

男子高校生で売れっ子ライトノベル作家をしているけれど、年下のクラスメイトで声優の女の子に首を絞められている。I ―Time to Play―〈上〉
時雨沢恵一
イラスト／黒星紅白

彼女の手は、とてもとても、冷たい。それは、まるで、鎖のマフラーでも巻かれたかのようだ。彼女が泣きながら叫んだ。「どうしてっ!?」。それは僕が知りたい。

し-8-42 2675

男子高校生で売れっ子ライトノベル作家をしているけれど、年下のクラスメイトで声優の女の子に首を絞められている。II ―Time to Play―〈下〉
時雨沢恵一
イラスト／黒星紅白

僕は、東京へ向かう特急列車の車内にいる。いつもの、窓側の席に座っている。列車は動き出した。隣の席は、空いている。似鳥は来るか? 来る。僕には分かる。

し-8-43 2707

電撃文庫

ストライク・ザ・ブラッド1 聖者の右腕

三雲岳斗
イラスト／マニャ子

世界最強の吸血鬼、第四真祖の力を手に入れながらも平穏な日常を願う高校生、暁古城。そんな彼の前に現れた「監視役」とは……!? 待望の三雲岳斗新シリーズ開幕!!

み-3-30 2090

ストライク・ザ・ブラッド2 戦王の使者

三雲岳斗
イラスト／マニャ子

世界最強の吸血鬼・暁古城と、彼を監視する雪菜の前に、欧州の真祖〝忘却の戦王〟の使者が現れる。その目的は古城に対する宣戦布告か、それとも……。

み-3-31 2191

ストライク・ザ・ブラッド3 天使炎上

三雲岳斗
イラスト／マニャ子

失踪したクラスメイトを追跡して、無人島に漂着した古城と雪菜。そこで彼らが遭遇したのは、魔族特区で生み出された対魔族兵器『人造天使』だった……。

み-3-33 2280

ストライク・ザ・ブラッド4 蒼き魔女の迷宮

三雲岳斗
イラスト／マニャ子

盛大なお祭りが開催されている絃神島を、古城の幼なじみが訪れる。だがその旧友との再会が、古城の肉体に驚愕の異変を引き起こすことに……！

み-3-34 2351

ストライク・ザ・ブラッド5 観測者たちの宴

三雲岳斗
イラスト／マニャ子

監獄結界から脱出した〝書記の魔女〟の目的は、絃神島から異能の力を完全に消し去ることだった。魔族特区崩壊の危機の中、傷ついた古城たちの運命は……！

み-3-35 2426